Toute ressemblance avec une histoire vraie
ne serait que pure coïncidence.

Ai-je eu tort de venir dans ce monde ?

Tome 3
Une Vie Illusoire

Roman

Danielle F. Kouto

© 2025 Danielle F. Kouto
Édition : BoD · Books on Demand,
31 avenue Saint-Rémy, 57600 Forbach, bod@bod.fr
Impression : Libri Plureos GmbH,
Friedensallee 273, 22763 Hamburg (Allemagne)
ISBN : 978-2-3224-0804-7
Dépôt légal : Mai 2025

Le Code de la propriété intellectuelle interdit les copies ou reproductions destinées à une utilisation collective. Toute représentation ou reproduction intégrale ou partielle faite par quelque procédé que ce soit, sans le consentement de l'auteur ou de ses ayants cause, est illicite et constitue une contrefaçon sanctionnée par les articles L 335-2 et suivants du Code de la propriété intellectuelle.

Introduction

N'douci est une petite ville du sud de la Côte d'Ivoire qui m'a vue grandir. Je suis Aïcha Jeanne Bamah, et je ne suis pas une fille unique parce que j'ai des frères et des sœurs. Mes tantes, mes cousines et mes grands-parents vivaient tous dans la cour de mon père. Nous sommes une famille de classe pauvre. Avec son petit salaire de cuisinier, mon père arrivait à couvrir les dépenses de la maison.

Tout a commencé dans les années 1980. Je venais d'avoir cinq ans quand ma grand-mère, la mère de ma mère, est venue s'installer à la maison et l'a transformée en un lieu de supplice. Elle a pris les rênes du foyer de sa fille et l'a dirigé en maîtresse comme si c'était elle qui avait épousé mon père. Depuis son arrivée, mon quotidien est devenu cauchemardesque, quoique je vécusse déjà le martyr avec mes sœurs. Sous son règne, je suis devenue la damnée de la maison de mon père lorsque ma grand-mère, que j'avais nommée Béya, a découvert que j'écrivais de la main gauche. Béya a joué son rôle de monstre en prenant une lame pour déchirer la paume de ma main. Et comme si cela ne suffisait pas, la maison de mon père, Opah, est devenue un lieu de règlement de comptes pour mes sœurs jumelles et un lieu de boxe pour mon neveu Léon. Pour éviter tout ce tintamarre et les bastonnades du matin, je montais dans mon goyavier qui était planté au milieu de la cour. Il me servait de refuge et d'ami. Lui, il m'écoutait, participait à ma tristesse, me remontait le moral.

Un après-midi, dans la cour de l'école, à la récréation durant laquelle les enfants jouaient entre eux, se taquinaient, se lançaient des balles, j'ai entendu l'une de mes sœurs jumelles annoncer que notre mère venait d'être fauchée par une maladie foudroyante. Ma mère, celle-là même à qui je dois la vie, qui était prête à tout pour moi. Enfant, tu ne comprends pas le sens de la perte d'une mère, tu penses qu'elle n'est absente que pour un laps de temps. Cependant, après plusieurs semaines, lorsque tu n'entends plus cette voix qui te réveille pour que tu partes à l'école, que tu n'aperçois plus celle qui te lave, t'habille, enfin qui est là à tes petits soins, c'est à ce moment-là que tu sens le vide autour de toi. C'est fini, tu ne la verras plus jamais, et le vide t'envahit, tu te perds dans ce néant. Mais c'est aussi à ce moment-là que tu entends les sages dire : « C'est Dieu qui l'a envoyée sur cette terre et c'est le même Dieu qui l'a reprise. » L'enfant que je suis doit-elle croire ces sages ? Comment un Dieu qui dit aimer les enfants peut-il les rendre malheureux ? Et pourquoi peut-il les abandonner ? Oh mon Dieu ! Tout cela rend mon existence si malheureuse…

Et je suis devenue la martyre de Moïse qui m'a envoyée à l'hôpital. Comme la mort n'a pas voulu de moi, je suis retournée à la maison. Quatre mois plus tard, mon Opah qui m'a toujours farouchement défendue m'a dit adieu à son tour : celui qui ne m'a jamais abandonnée, le fera cette fois, et pour toujours.

Puis a eu lieu mon mariage auquel tout le village a participé. Résignée, j'ai accepté mon sort. Quelques semaines plus tard, alors que je pensais vivre le pire avec mes sœurs qui braillaient tous les jours, me donnaient parfois des coups et jouaient les démons à mes oreilles, j'ai cru que tout ce supplice était derrière moi : je voyais la liberté en allant vivre chez mon époux, en m'envolant vers l'Europe. Hourra !

J'ai pris mon vol pour Bruxelles. Mais j'avais crié liberté trop tôt. À ce moment-là, tout ne faisait que commencer.

I

Rue de la Luzerne

À l'aéroport de Zaventem, après m'être présentée au fils de Pascal et à son père, je ne vois pas Pascal, mais Linda s'empresse de me dire qu'il est à la clinique.

— Il viendra nous rejoindre plus tard, précise-t-elle.

Je me tiens debout devant elle, avec un petit sac de sport en bandoulière.

— Où sont tes bagages ? C'est tout ce que tu as comme bagage ? m'interroge Pascaline en regardant mon sac.

— Oui.

Puis nous nous dirigeons vers une voiture blanche.

— C'est la voiture du père de Pascal, lance Pascaline avec empressement.

Cependant, le fils de Pascal, Christophe, nous dit au revoir et monte dans une voiture vert foncé.

— Il ne vient pas avec nous, dit Linda, il va voir un ami.

Nous montons tous dans la voiture du grand-père. Elle démarre et je regarde autour de moi, curieuse de voir ce grand parking du sous-sol de l'aéroport, éclairé. Je n'en avais jamais vu d'aussi immense. La voiture se dirige vers la sortie. Une fois à l'extérieur, je descends la vitre du siège arrière où je suis assise. Je sens un doux soleil d'été m'effleurer le visage, c'est la fin du mois d'août. Pascal m'écrivait dans ses courriers que le soleil en été n'est pas comme celui de mon pays qui vous brûle presque la moelle, à tel point qu'on se croirait rôtir en enfer. Nous avançons dans le centre-ville de Bruxelles.

— On va à la clinique, déclare Pascaline.

Oh ! j'ai hâte de voir où travaille Pascal ! Je me rappelle que Linda m'a dit que son père se trouvait à la clinique.

La voiture roule sur un grand boulevard. Je contemple tous ces immeubles accolés les uns aux autres. Ils se ressemblent à peu près tous. La grande ville de mon pays n'a pas toutes sortes de magasins vitrés. Vente de vêtements, matériel de bricolage… tous sont alignés le long du boulevard. Je suis impressionnée ! Je demande :

— Comment s'appelle la commune ?

— Cette commune s'appelle Schaerbeek. C'est là où se trouve la clinique de papa, répond précipitamment Linda.

— Ah oui, la clinique de ton père ! dis-je avec enthousiasme.

Je serai contente de le voir en blouse blanche comme il me l'avait décrit dans ses lettres. Il me parlait de ses patients avec tant d'abnégation, de ses collègues, dont un avait fait la guerre du Biafra. Il me disait que ce dernier était sur le terrain, qu'il travaillait pour une organisation non gouvernementale. Il me parlait si bien de son travail ! Il m'avait même confié dans un de ses courriers qu'il y avait un patient qui avait peur des seringues. Je me suis vite identifiée à ce patient parce que les seringues et moi, nous sommes loin d'être de bons amis. Ces hommes en blouse blanche m'ont longtemps effrayée, cependant, à force de les côtoyer, ma crainte s'est transformée en affection.

La voiture du grand-père s'engage dans une rue. Pascaline lit un panneau sur lequel est inscrit « rue de la Luzerne ». Ah ! la fameuse rue dont m'avait souvent parlé Pascal dans ses lettres… La joie ne cesse de me monter à la poitrine. Le grand-père se gare devant une sorte d'immeuble vitré. Je descends en premier et je me dirige directement vers le coffre de la voiture pour prendre le seul sac qui me sert de bagage.

— Non ! crie Pascaline, nous ne sommes pas à la maison, mais à la clinique.

— Je sais, mais je voudrais être avec lui pour que nous rentrions à la maison après son travail, dis-je.

Le grand-père fronce son visage, il n'a pas l'air de comprendre ma réaction. Il me regarde, ou plutôt il me dévisage. Puis il me sort :

— Ton mari ne te l'a pas dit ? Qu'il était interné dans cette clinique ?

— Interné… je répète doucement, ça veut dire quoi ?

— Tout simplement qu'il est l'un des patients de cette clinique, rétorque sèchement le grand-père.

— Cela veut dire qu'il n'est pas médecin ?

— Médecin ! persifle le grand-père.

Puis il ajoute d'un ton sarcastique :

— Pff ! il t'a dit qu'il était médecin ? C'est une insulte envers ce noble métier !

Je laisse mon sac dans le coffre, et nous pénétrons dans la clinique. À l'accueil, une dame se dirige vers nous, elle a l'air une infirmière. Après nous avoir indiqué la salle où se trouve Pascal, je la vois poursuivre un patient qui paraît hébété et ne semble pas vouloir rentrer dans une salle que montre un infirmier qui a visiblement besoin de renfort. L'infirmière qui nous a accueillis sort pour l'aider à attraper le patient qui joue à Batman à l'entrée de la clinique. Le grand-père, Pascal, Linda et Pascaline sont déjà dans la salle d'attente. Je suis la dernière à rentrer parce que je regarde la scène : le patient est empoigné de force par les deux infirmiers, puis ils s'engouffrent dans une des nombreuses chambres. Après ce spectacle d'un nouveau genre pour moi, je rejoins les autres.

— Ah ! tu es enfin là ! J'attends ici depuis une heure ! lance Pascal quand il me prend dans ses bras. Je suis maintenant un homme heureux, poursuit-il.

Je ne comprends toujours pas pourquoi il est dans cette clinique en tant que patient, ni pourquoi il n'est pas un médecin qui travaille dans cet endroit dont il m'avait tant parlé dans ses courriers. C'est incompréhensible pour moi. Quand je le lui demande, il me répond évasivement qu'il est là pour des insomnies. Puis nous montons tous dans la voiture du grand-père.

Tout au long du trajet, je me pose des questions. Est-il un médecin ou un patient comme l'a affirmé son père ? Et s'il est médecin, il n'exerce sans doute pas dans cette clinique… Il y a des médecins qui ne se font pas interner dans l'hôpital où ils exercent, dans ce cas, je comprends Pascal : il ne veut pas se faire soigner par ses collègues, et je pense qu'il a bien raison de faire ça. Je sais que certains médecins conseillent parfois à leurs collègues d'aller voir ailleurs, c'est pourquoi son père m'a dit qu'il était interné dans cette clinique. Toutes ces questions me tourmentent… Pour mieux comprendre, je me tourne vers lui :

— Tu travailles dans cette clinique ?

Je refuse de croire son père qui prétend qu'il est interné.

— Non, je suis là parce que je souffre d'insomnie, répond-il de nouveau.

Comment peut-on hospitaliser quelqu'un parce qu'il n'arrive pas à dormir ? Dans mon pays, lorsque quelqu'un n'arrive pas à dormir, on lui dit qu'il réfléchit trop à ses problèmes. Et moi, à la maison, lorsque je n'arrivais pas à dormir, les brutes de la cour d'Opah me hurlaient dessus comme des fauves, ou ils m'enjoignaient de dormir à la belle étoile, mais on ne m'amenait pas à l'hôpital pour dire au médecin que j'avais une maladie du sommeil. Puis je me ressaisis. Pourquoi Pascal m'aurait-il affirmé qu'il officiait dans une clinique en tant que médecin ? Oh non… je continue à torturer mon pauvre cerveau ! Soudain, le grand-père gare devant une maison. Pascal sort de la voiture, m'ouvre la porte avec élégance, me prend par la main et je descends. Le grand-père et Pascaline suivent, et Linda prend mon sac dans le coffre. Devant la maison du père de Pascal, je recule de quelques mètres pour lire le nom de la rue : boulevard Sylvain-Dupuis. Le grand-père se précipite sur la porte et l'ouvre.

— C'est la maison de papi, s'empresse de dire Linda.

— Papi ?

— Oui, et parfois papi-bon.

— Papi-bon ? Vous appelez votre grand-père « papi-bon » ? En quoi est-il bon ?

Linda et Pascaline me font un grand sourire.

— C'est le nom du grand-père, nous l'appelons ainsi, confirme Pascal, ravi de me voir à ses côtés.

— Mais je préfère l'appeler papi, déclare Linda.

— Euh… il est bon parfois, quand ça l'arrange, ajoute Pascaline.

Je reste pourtant insatisfaite de la réponse évasive de Pascal sur son internement à la clinique. Je me tourne de nouveau vers Pascaline, sa fille adoptive, et je lui repose la question : un médecin de renom, comme il me l'avait assuré, ne peut être interné, enfin c'est ce que je pensais, à moins que ses collègues ne lui trouvent une grave maladie. C'est alors qu'elle m'assène crûment :

— Papa est en clinique parce qu'il est dépensier, et non pour insomnie. Puis elle ajoute :

— Il n'a jamais été médecin. Sais-tu qu'il a été en hôpital psychiatrique ?

Oh mon Dieu ! Il ne manquait plus ça ! En hôpital psychiatrique ! Mon sort dans ce monde est de plus en plus incertain. Je me souviens que le seul hôpital psychiatrique de mon pays se trouve à Bingerville, à quelques kilomètres de la capitale. Le seul hôpital de fous de toute la Côte d'Ivoire. Oh mon Dieu ! Pourquoi m'a-t-il menti ? Le premier mensonge qu'il avait fait pour m'épouser, c'était qu'il avait un frère jumeau dont il avait pris les enfants en charge. Pour ne pas être la risée des habitants de N'douci, Fatou lui avait pardonné et lui avait donné sa fille en mariage. Puis ce mensonge sur son métier. Mon Dieu ! T'ai-je fait tant de mal pour que mon parcours sur cette terre commence avec tous ces mensonges ? Mais Opah me dirait : « Tu sais, ma fille, que le mensonge n'a pas d'avenir ? »

— C'est le grand-père qui l'a mis dans cette clinique, continue Pascaline. Je ne comprends pas pourquoi, il ne te l'a pas dit.

Je reste perplexe, puis la colère monte dans ma poitrine et remplit tout à coup mes yeux de larmes. Oh mon Dieu, je n'arrive pas à contenir mes larmes. Mais Opah disait aussi : « C'est bien de pleurer lorsque l'on tombe dans l'erreur. »

C'est alors que je me mets à pleurer comme une Madeleine. Je n'arrive plus à contenir mes larmes, je les lâche comme un orage de grêle. Je suis en train de réaliser que je suis tombée dans un piège, et que je dois peut-être accepter cette nouvelle vie qui m'attend. Soudain, j'exige de rentrer dans mon pays dont cet inconnu, ce menteur, m'avait arrachée. Bien que nous soyons déjà dans le salon du grand-père, mes pleurs redoublent. Avec mon sac comme seul bagage à la main, je crie :

— Je veux rentrer dans mon pays ! Je veux retourner chez moi !

— Tu ne peux pas reprendre l'avion. Maintenant, c'est impossible, répond le grand-père.

Je hurle de plus belle :

— Pourquoi je ne peux pas rentrer chez moi ?

— Parce que tu vis maintenant chez ton mari, tu es mariée. Et lorsqu'on se marie, on doit rester avec son conjoint.

— Ah oui ! parlons-en du mariage qui a commencé sur un mensonge ! Mon père disait que lorsqu'une chose commence sur un mensonge, la fin n'est pas belle à voir…

— Ton père avait raison, confirme le grand-père.

Puis il prend sa pipe et l'allume tout en rejetant de la fumée par les narines comme un dragon qui jette des flammes par ses gros naseaux. La maison du grand-père est imprégnée de l'odeur du tabac. Je regarde partout dans la maison. Cet endroit me fait une impression mitigée : je m'y sens protégée tout en ayant peur. Je continue à pleurer. Le grand-père me regarde toujours paisiblement, puis il me répète :

— Une fois mariée, on doit vivre avec son conjoint.

— Non, je réponds, je ne veux pas rester en Belgique, je voudrais retourner chez moi.

Le grand-père me rit au nez. En revanche, Pascal ne répond rien, il est contrarié par ma réaction. J'entends son père dire que je suis une enfant, et que cela va me passer.

Je sors du salon et je me retrouve dans une salle remplie d'appareils ménagers. Je ne sais pas à quoi ils servent. Mais alors que le grand-père et son fils ne me voient pas, j'entends le grand-père parler à voix basse :

— Comment est-ce possible de ramener tous ces nègres chez moi ?

Une dispute éclate soudain entre Pascal et son père.

— Oh ! je vois que ça t'amuse de me faire souffrir et de me voir malheureux ! lance Pascal.

Pascaline essaie de se mêler à la discussion, mais Pascal me rejoint dans le coin de la salle où je me suis blottie avec mon sac sous le bras.

— Tiens, tu es dans la cuisine, me dit-il.

Je comprends à cet instant que c'est dans une cuisine que je me suis réfugiée. Cependant, mes pleurs s'intensifient, cette fois pour les imbécilités que vient de proférer son père. C'est alors que Pascal me prend par la main et me murmure doucement à l'oreille :

— Essaie au moins, et si cela ne te convient pas de rester avec nous, alors tu pourras prendre la décision de rentrer dans ton pays.

Ces mots me donnent de la force, et les mauvaises paroles du grand-père m'encouragent à accompagner son fils qu'il a un malin plaisir à faire souffrir. Je le suis dans le salon. Le grand-père est déjà monté à l'étage afin de me faire une place pour la nuit. Après avoir arrangé sa propre chambre, il m'appelle :

— Tu as tellement vidé de larmes que je te laisse ma chambre pour te remettre de tous ces pleurs, dit-il ironiquement.

Je pense au fond de moi qu'il veut se faire pardonner les méchancetés qu'il a sorties et qui ont fait péter les plombs à son fils. Mais cela m'est égal : j'ai compris et je ne parle plus de partir.

Le soir venu, le grand père cuisine des frites qu'il met sur une belle table qu'il a lui-même dressée, et nous nous asseyons tous autour.

— Je vois que tu as repris tous tes esprits, déclare-t-il. Comment était ton voyage et comment as-tu vécu ton premier vol ?

Je n'arrive pas à lui répondre, parce que je n'arrive pas encore à me projeter dans la nouvelle vie que je vais affronter. Et les sales paroles qu'il a dites quelques heures plus tôt m'ont fait froid dans le dos et m'ont donné une mauvaise impression de lui. Je commence à comprendre qu'il n'aime pas le peuple qui vit sur mon continent. Je me contente de lui répondre avec un sourire.

— Tu ne peux pas être timide avec tout ce que tu as fait subir à mes oreilles, poursuit-il.

Il veut parler de mes pleurs. Je ne réponds toujours pas.

— Ah oui ! je vois ! La communication ne sera pas facile, continue-t-il.

Comme je suis assise à côté de Pascal, je chuchote à son oreille que je ne veux pas dormir chez son père.

— C'est parce qu'il n'y a pas de lit disponible pour toi, m'explique-t-il. C'est pourquoi j'ai demandé à mon père de te prendre chez lui. Mais tu ne resteras qu'une semaine, le temps de te trouver un lit.

— Comment ça ? Je ne comprends pas…

Mais Pascal ne répond pas.

Toute la soirée, son père essaie de me faire parler, mais je ne décroche pas un seul mot. Par contre, Pascal parle sans arrêt, avec un enthousiasme non feint.

La soirée terminée, sans pleurs cette fois, Pascal ne retourne pas à la clinique parce qu'il a reçu une autorisation de sortie. Néanmoins, il ne dort pas chez son père. Il nous dit au revoir et repart avec ses trois enfants de l'autre côté de la rue où se trouve sa maison.

Je suis toute seule dans la chambre que son père m'a préparée. Une belle chambre bien aménagée, qui donne sur la rue. Je peux entendre les voitures qui passent et les klaxons de quelques chauffards agressifs. Cette nuit-là est une torture pour moi. Je n'arrive pas à dormir. Mes pensées tournent autour de tous les événements que j'ai vécus avant mon mariage. Bien qu'elles soient de drôles de numéros et certainement pas des exemples à suivre, mes grandes sœurs jumelles me manquent. Je n'entendrai plus la voix de ma petite sœur Alicia qui me disait : « C'est de ta faute ! » Sacrée Alicia ! Avec elle, tout était de ma faute. Je ne verrai plus mon petit frère Abou qui racontait tout ce qu'il se passait à la maison. Rien ne lui échappait : lui, c'était le perroquet de la maison, et tu pouvais être tranquille parce que tu ne manquais aucun événement pendant ton absence. Toutes ces brutes que j'ai laissées là-bas… oh mon Dieu ! Elles me manquent tellement que j'ai très envie de pleurer pour leur signifier mon amour.

Mais j'ai tellement pleuré le matin de mon arrivée dans la maison du grand-père qu'aucune larme ne peut couler sur mes joues. Même pas un semblant de sanglots. Je m'approche de la fenêtre pour regarder quelques voitures qui traversent le boulevard. Il est trois heures du matin. Le père de Pascal ne dort pas non plus car il vient toquer à la porte de ma chambre pour me dire de m'endormir car demain sera une longue journée. Une longue journée ? Et comment sait-il que je ne dors pas ? Me surveille-il ? Je l'entends dire :

— Je comprends que tu n'aies pas sommeil, mais il faut être moins agitée car il y a des personnes qui ont besoin de dormir. Elles doivent aller travailler.

C'est vrai que je remuais beaucoup dans le lit, et surtout mes allers-retours entre la porte et la fenêtre font du bruit. Le père de Pascal se trouve dans la chambre voisine et cela l'empêche de dormir. Je me fige devant la fenêtre. J'ai peur de me recoucher parce que si je reviens dans le lit, le bruit l'alertera encore, et il dira à son fils qu'il n'a pas pu dormir à cause de moi. Vers cinq heures du matin, je me décide à revenir dans le lit.

Après deux heures de sommeil à peine, j'ai du mal à me lever quand le père de Pascal vient de nouveau taper à la porte de ma chambre :

— J'ai préparé le petit-déjeuner, il est sur la table.

Puis il file, je ne sais où. La veille, il m'a fait visiter les lieux pour que je me repère. À présent, j'ai la maison pour moi toute seule. Je me lève, et je vois Pascal à travers les vitres. Il essaie d'entrer dans la maison. J'ouvre la fenêtre et je lui lance :

— J'arrive, je descends pour t'ouvrir la porte !

Quand j'actionne la poignée, je me rends compte que le grand-père a verrouillé la porte de sa maison avant de partir. Je reste un long moment sans voix, pétrifiée. Soudain, je me souviens que Pascal est toujours devant la porte. Je remonte pour lui dire que la porte est fermée et que je n'ai aucune possibilité de l'ouvrir parce que son père est sorti avec la clé. Oh mon Dieu ! Le père de Pascal m'a enfermée dans sa maison avant de s'en aller ! Je crie :

— La porte est fermée !

Pascal hurle de colère devant la porte. Pour le calmer, je lui dis qu'on peut quand même se parler. Et nous voilà tous les deux en train de discuter, moi à l'intérieur de la maison penchée à la fenêtre, lui dans la rue, devant la maison.

II

Visite guidée

Nous parlons pendant deux heures. Puis Pascal conclut que son père n'avait pas fermé la porte intentionnellement.

— Demain, il me laissera la clé, me rassure-t-il.

Et il repart de l'autre côté de la rue où se trouve sa maison.

Je passe toute la journée à regarder la télévision. Pascal téléphone de temps en temps pour avoir de mes nouvelles. Je lui parle de l'émission que je regarde à la télévision, il me dit qu'il suit la même. Je vais ensuite me coucher, avant de revenir devant l'écran. C'est une journée mentalement très lassante, mais quand je me plains auprès de Pascal, il me demande de faire preuve de patience et m'assure que demain sera différent.

Le soir venu, j'entends le cliquetis d'une clé dans la serrure : c'est le père de Pascal qui rentre. Il est vingt heures.

— Comment as-tu passé ta journée ? me demande-t-il.
— Très bien.

Il jette un coup d'œil sur la table du salon. Il y a la télécommande, quelques cacahuètes dans un bol, des fruits dans un autre. Je n'ai touché à rien. Le fait d'être enfermée m'a ôté toute envie de manger. Je n'avais qu'une seule envie : sortir, admirer le ciel au-dessus de ma tête. D'ailleurs, son père ne m'a pas autorisée à utiliser sa cuisine et puis, confier sa cuisine à quelqu'un qui vient à peine de découvrir le monde des appareils ménagers était courir un risque.

— Tu as passé toute ta journée à regarder la télévision ?
— Je ne pouvais pas sortir pour rejoindre les autres... enfin, Pascal et Linda.
— Ont-ils essayé de te rencontrer ?
— Oui, Pascal est venu ce matin, mais il a trouvé la porte fermée. Il dit qu'il n'a pas la clé.

Il ne me répond pas et rentre dans la chambre d'à côté où il a passé la nuit. Quand il revient, il me dit de dresser la table pour le dîner du soir. Pendant que je m'en occupe, il descend pour ouvrir la porte : c'est son fils qui entre avec une mine sombre.

— Papa, pourquoi l'as-tu enfermée ? lance-t-il.

— Je suis chez moi, dis donc ! réplique son père.

Pour que la scène de la veille ne se reproduise pas, je m'approche pour lui dire que la table est prête. Il prépare rapidement des omelettes, puis pose un gros pain gris sur la table. Après l'arrivée des trois enfants de Pascal venus partager le repas du grand-père, nous nous asseyons tous les six. Le dîner se passe sans que personne dise un mot. Une heure plus tard, le père de Pascal les met à la porte. Je voudrais venir avec eux, mais c'est à Pascal de décider si je dois encore rester chez son père. Sans que je le lui demande, il me dit alors :

— Étant donné que mon père t'a enfermée aujourd'hui et que nous nous sommes parlé au téléphone toute la journée, je n'ai pas pu trouver un lit pour nous. Donc, tu resteras encore chez mon père.

Puis il ajoute :

— Demain, je viendrai te chercher pour que, à deux, nous trouvions un lit convenable.

Je hoche la tête pour acquiescer. Je ferme la porte derrière lui, et je monte vite au premier étage pour ne pas voir son dos disparaître dans la rue. Dans ma chambre, je ferme la fenêtre, je m'assieds sur le lit, la tête entre les mains. Encore une deuxième nuit, j'espère qu'elle ne sera pas aussi longue et agitée que la précédente. Je ne pense plus à mes sœurs, j'imagine le lit que nous allons trouver demain pour la maison de Pascal. C'est vrai qu'il m'a promis que je le choisirais moi-même. Tous les différents lits que j'ai connus chez mes parents défilent dans ma tête, puis je me dis que non : ce sont des lits en rotin. Celui que je choisirai demain sera sophistiqué et le matelas sera en coton.

Soudain, j'entends des pas dans l'escalier. C'est le père de Pascal qui va se coucher à son tour. Ils frôlent le bas de ma porte. Il vient sans doute me souhaiter bonne nuit, mais comme ma chambre est plongée dans l'obscurité, il rentre dans la sienne.

Cette fois, la nuit se passe bien, sans la moindre agitation.

Le lendemain matin, j'entends le bruit des ustensiles de cuisine, l'eau qui coule du robinet, je sens l'arôme du café qui monte jusqu'à ma chambre. Je comprends que papi est en train de faire le petit-déjeuner. Pour éviter qu'il ne m'enferme de nouveau, je sors très vite de mon lit et je vais le rejoindre dans la cuisine. Je lui demande timidement :

— J'aimerais aller chez Pascal…

— Ah oui ? me répond-il.

— C'est parce que Pascal a proposé que je l'accompagne, pour l'achat de notre lit.

— Il a dit ça ?

Il hoche la tête :

— Alors tu sortiras après avoir mangé.

— Merci papi ! dis-je joyeusement (il m'avait demandé de l'appeler ainsi).

Toute contente de sortir enfin et d'accompagner Pascal pour trouver un lit et faire la connaissance de la commune d'Anderlecht, je file dans la salle de bain. Soudain, j'entends démarrer la voiture de papi. Quelques minutes après son départ, Pascal vient de nouveau sonner à la porte mais il la trouve fermée. Oh non ! Me voilà de nouveau enfermée ! Et je ne peux pas parler à Pascal par la fenêtre de la salle de bain. Après m'être habillée, je dis à Pascal de l'autre côté de la porte que je ne peux pas l'ouvrir. Il retourne tout de suite chez lui, et le téléphone sonne immédiatement. C'est lui. Je l'entends crier comme un fou enragé :

— Il ne peut pas t'enfermer comme ça ! vocifère-t-il dans une colère noire. Il avait promis de me laisser la clé si j'arrivais à huit heures ce matin, et c'est ce que j'ai fait.

Je reste perplexe. Papi m'avait aussi promis de me laisser sortir pour choisir notre nouveau lit. Pourquoi a-t-il fait cela ? M'enfermer comme une vulgaire prisonnière ? Même les prisonniers ont leur mot à dire. Je ne suis pas une criminelle, pourquoi m'enferme-t-il ? Je reste assise devant la porte, mes larmes commencent à couler tout doucement sur mes joues. Je les essuie rapidement, puis je vais m'installer devant la télévision. Pascal, qui ne pouvait me parler que par téléphone, ne m'appelle plus, sans doute en proie à la colère. Mais je ne comprends pas pourquoi il n'appelle pas les secours. Peut-être a-t-il peur de se faire de nouveau interner par les médecins qui lui reprocheront de créer des problèmes à son père… C'est probablement pour ça qu'il ne dit rien et qu'il attend l'heure à laquelle son père rentrera pour me délivrer. Je ne l'entends plus de la journée.

Les jours suivants, ce sont les mêmes scénarios : papi m'enferme et part vaquer à ses occupations. La deuxième semaine, je ne vois pas Pascal, la troisième semaine non plus. Papi prend goût à m'enfermer, et moi aussi. Dans ma prison dorée, je commence à comprendre toutes les émissions et je connais même les noms des journalistes qui interviennent à l'écran. Tout compte fait, je m'habitue à cette vie de prisonnière, Pascal également. Enfin, le soir du dernier jour de la troisième semaine, Pascal vient m'annoncer qu'il a trouvé un canapé-lit à deux places. Son fils, Christophe, et lui l'ont déjà installé.

— Tu seras contente de le voir, me dit-il.

Puis il m'assure que c'est le dernier jour que je passe chez son père et qu'il viendra me chercher demain. Oh mon Dieu ! Il dira à son père que je m'en irai avec lui. Je suis enthousiaste ! Partir ! Oui, partir, quitter cette prison dorée…

Le lendemain matin, sous le doux réveil du soleil, Pascal est devant la porte de son père. Il est huit heures, il a tenu sa promesse. Papi nous aide à emménager dans la maison de son fils, il porte mes affaires rue Jean-Morjau. En mon for intérieur, je pense que ma vie dans cette nouvelle maison va changer, qu'elle sera meilleure…

Enfin, c'est ce que je crois, mais j'ai tort, du moins dans une certaine mesure. Quand je me retrouve devant une maison à deux niveaux, je sens d'abord une bouffée d'angoisse m'envahir. Mais je m'efforce de la chasser de mon esprit, et je contemple la maison. Le premier étage est habité par un locataire. Pascal et ses enfants habitent au rez-de-chaussée. Pascal me fait entrer dans le salon et m'invite à m'asseoir sur une chaise, au milieu de la pièce. Je regarde autour de moi : rien ne ressemble au salon de papi. Une moquette grise recouvre le sol, les murs sont peints en blanc et une porte s'ouvre sur une terrasse qui tient lieu de jardinet. La cuisine donne sur cette même terrasse. Pascal me montre les lieux : il n'y a pas de chambre, juste le salon rectangulaire transformé en dortoir pour les enfants. Les toilettes se trouvent à l'entrée.

Je pose mon sac près de la porte. Je comprends que Pascal et moi devrons partager le salon avec ses deux enfants. Le canapé-lit qu'il a acheté se trouve devant la télévision, face à la fenêtre aux rideaux en velours gris-blanc. Il nous servira de sofa pendant la journée et je devrai glisser mon sac dessous parce que toutes les armoires sont monopolisées par ses enfants. Celle qui se trouve près de la cheminée appartient à Linda. L'autre est une armoire-lit où dort Christophe. La troisième est une grande armoire noire avec un miroir que se partagent les enfants. Un couloir mène à la cuisine, et c'est tout. Voilà le cadre où je vivrai avec mon époux.

Deux jours avant mon emménagement, une violente dispute a éclaté entre Pascal et ses deux enfants. J'ai appris par Pascal que ses enfants ne voulaient pas de moi chez eux. Mais étant donné que j'étais enfermée dans la maison de papi, Pascal a précipité mon départ.

Ils ont trouvé un compromis : que je devienne leur bonne à tout faire. Pour que je reste à ses côtés, il l'a accepté. C'est ainsi que les enfants m'ont laissé entrer dans leur domicile.

Je commence à m'habituer à ma nouvelle maison. Depuis mon arrivée à Bruxelles, Pascal a obtenu la permission de sortir tous les matins à huit heures. Il doit être de retour à la clinique à dix-neuf heures. Nous sommes en septembre, les vacances viennent à peine de finir, je ne connais pas les horaires scolaires de Linda et encore moins celles de ses copines. Comme Pascal n'a pas encore trouvé une école pour moi, je suis toujours à la maison. Puisque je suis la nouvelle bonne à tout faire, du moins c'est ce que Linda a fait croire à ses copines, il y a un total laisser-aller dans le salon quand celles-ci viennent : la pièce qui nous sert de dortoir et en même temps de salle à manger est crasseuse, la table est couverte d'emballages de nourriture, de restes de fast-food, de verres et de bouteilles de sodas, la vaisselle n'est pas lavée. Bien évidemment je range tout ça, sans me rendre compte qu'elles le font exprès pour que je nettoie toute la pièce.

Mais un vent de liberté souffle sur moi. Je vais sur la terrasse parler aux voisins de l'immeuble d'en face qui viennent de découvrir une nouvelle venue. Quelques curieux m'interpellent, je réponds avec joie à leurs questions. Derrière le mur d'à côté habite un gendarme. J'étais à peine arrivée qu'il m'adressait quelques mots. Mon enthousiasme avait disparu quand j'étais enfermée chez le père de Pascal. Maintenant, ce vent de liberté qui se dessine sur mon visage fait renaître ma joie.

Par contre, quand j'étais chez papi, je ne faisais pas attention à ce que pouvaient penser les enfants de Pascal. J'avais seulement appris que Linda invitait ses copines à la maison, et Pascal m'avait dit qu'une fois que je serais chez lui, il arrêterait les allers et venues des copines de sa fille. Cela fait deux semaines que j'ai élu domicile rue Morjau et les choses n'ont toujours pas changé. D'ailleurs, Linda avait juré qu'elle ne changerait pas ses habitudes de faire venir ses copines à la maison. « Mes copines viendront comme toujours, que ta cruche de villageoise soit là ou pas ! » avait-elle hurlé à son père sur un ton insolent. Ma présence ne l'empêchera donc pas de faire ce qu'elle veut.

C'est ainsi qu'un après-midi, sous un soleil plaisant, je vois trois copines surgir de nulle part. L'une est vêtue d'un jean moulant qui dessine son petit corps maigre et d'un t-shirt laissant voir son nombril. Les deux autres sont habillées plus décemment, d'un jean et d'un gros pull dont le col cache le cou. D'origine zaïroise, elles portent des tresses qui couvrent une partie de leur visage. Celle que je trouve habillée de façon extravagante s'approche de moi.

— C'est Linda qui nous a donné la clé de la maison. Elle voudrait que nous l'attendions ici, c'est pour cela que nous sommes venues, lance-t-elle sans un regard de politesse.

Puis elle tire une chaise vers elle et les autres font de même. Je lui demande :

— Elle se trouve où en ce moment, celle qui vous amène ici ?

— Elle est au supermarché, me répond une autre dont le col du pull gris est roulé jusqu'aux oreilles.

— Elle ne vous a pas dit qu'il y avait quelqu'un à la maison ? dis-je.

Les trois filles se regardent, et j'entends soudain un éclat de rire accompagné de battements de mains et de regards de mépris.

— Il y a aussi des bonnes à tout faire qui se donnent de l'importance, ironise celle avec le jean moulant.

— Je vous demande pardon ?

— Vous avez bien compris ! se moque-t-elle.

Oh oui, je comprends ! Linda leur a dit que je suis la nouvelle bonne et que son père m'a fait venir d'Afrique pour que je me charge des corvées de la maison. Voilà qui explique le comportement arrogant et impoli de personnes que je viens à peine de rencontrer. Au moment où je m'apprête à leur dire de quitter les lieux, quelqu'un sonne. Une fille court ouvrir la porte. C'est Linda. Je l'entends murmurer :

— Alors, vous l'avez vu, la bonne de la maison ?

— Oui, elle est jeune votre bonne ! Elle doit avoir l'âge de ta sœur, lui répond la jeune fille.

Puis les deux filles entrent dans le salon. Les propos de Linda me laissent sans voix, je me sens humiliée une fois de plus.

Le reste de la journée, j'attends Pascal pour lui dire ce que j'ai entendu. Pendant qu'elles sont dans le salon en train de me donner du boulot, je reste sur la terrasse en attendant leur départ. Le doux soleil de l'après-midi s'est transformé en un soleil agressif et déplaisant parce que le salon est devenu un grand dépotoir d'ordures où règne le bordel. Je range tous les déchets qu'elles ont laissés. Je ne sais pas si je cherche à plaire, mais je le fais pour qu'il y ait de l'harmonie dans la famille.

Les copines de Linda continuent à ne manifester aucun respect à mon égard. Elles me lancent des regards méprisants, des insultes, et font tout pour m'humilier quand elles viennent à la maison. Lorsqu'elles m'adressent la parole, c'est toujours sur un ton arrogant. C'est ce que Linda leur a conseillé de faire. Et quand je me plains auprès de Pascal du comportement malsain des copines de sa fille, il me répond :

— Ce sont des enfants, il ne faut pas t'en occuper.

Les jours se ressemblent pour moi et je commence à comprendre que Pascal a raison : je ne m'en occupe plus quand elles se comportent comme des pestes. Mais comme je suis chez moi, je dois me comporter comme une épouse qui entretient sa petite maison. Toutefois, les journées se passent normalement lorsque Linda ne vient pas avec ses copines impolies.

Les après-midi, quand Pascal est là, il m'emmène me promener aux alentours de la maison. Nous allons au parc Astrid qui abrite le stade de la commune d'Anderlecht. Nous partons parfois nous balader dans la commune voisine. Si je n'ai pas à faire les corvées que Linda et ses copines m'infligent, je regarde la télévision ou je sors seule pour aller courir au parc.

Cela fait trois semaines que j'habite chez Pascal, et l'école a commencé depuis un moment. Pascal cherche à m'inscrire dans une école, il m'en a encore parlé la veille. Mais le lendemain, il n'est pas là. Son père vient m'informer qu'il sera absent car il a des séries d'examens à passer à la clinique. Ce jour-là, il fait beau, le soleil qui sort lentement de sa cachette a une couleur claire et procure une douceur agréable sur la peau. Un ami de Christophe qui a l'habitude de nous réveiller le matin de bonne heure ne l'a pas fait. Christophe n'a pas pu sortir non plus.

— Tu vois, il fait beau, me dit Christophe en regardant le ciel. Je te propose une visite guidée de Bruxelles.

Je m'exclame :

— C'est vrai ? Tu veux faire ça avec moi ?

— Alors, tu viens ? insiste-t-il.

Je suis enthousiaste à l'idée de découvrir cette ville que je ne connais qu'à travers des films et des documentaires. D'autant que c'est le fils de Pascal qui me le propose… Pour moi c'est un bon départ, parce que j'ai toujours rêvé de cette harmonie qui tardait à venir. Je saute donc sur l'occasion, histoire d'améliorer notre communication.

— Papa t'a fait visiter la ville ? me demande Christophe.

— Seulement la commune d'Anderlecht, le parc Astrid, le stade Constant-Vanden-Stock. Et nous sommes allés jusque devant les bureaux administratifs où passent les trams.

— Putain ! s'écrie-t-il, il n'y a pas qu'Anderlecht ! Bruxelles est composée de plusieurs communes, il va falloir faire la connaissance de ces communes.

Puis, il me cite quelques communes, dont Schaerbeek.

— Je connais Scheerbeek, dis-je.

— Pardon ! Ce n'est pas Scheerbeek, mais Schaerbeek, me corrige-t-il en rigolant.

— Les noms sont écrits en néerlandais.

— Oui, mais ce n'est pas une raison de les massacrer, répond-il ironiquement.

Oh mon Dieu ! Je crois que ce Christophe, je commence à l'aimer et que je vais m'entendre avec lui... Ma première impression avait été celle d'un garçon glacial, distant et surtout prétentieux. Cette image hautaine me faisait tenir loin de lui. Et tout à coup, il devient joyeux et sympathique. Il m'invite à monter dans la voiture de son père, une Golf vert foncé.

— Allez monte ! Je vais te faire visiter la ville, me dit-il de nouveau. Mets ta ceinture de sécurité. Et surtout, quand je démarre, il faut regarder dans la rue s'il n'y a pas de poulets.

Il est neuf heures du matin lorsque la voiture s'éloigne de la maison. Nous passons devant un magasin d'alimentation.

— Tu vois ce magasin, c'est un supermarché. Papa viendra plus souvent ici avec toi.

Nous arrivons ensuite sur un grand boulevard.

— C'est le boulevard Franklin-Roosevelt. Là-bas, à gauche, c'est l'ambassade de Côte d'Ivoire, notre pays.

Je n'ai jamais vu d'immeubles aussi imposants, les maisons sont plus impressionnantes les unes que les autres. Je suis épatée par la beauté architecturale de Bruxelles. Tout près de la Grand-Place, Christophe me montre un petit bonhomme nu en train d'uriner :

— Tu sais, ce petit garçon est le personnage le plus connu de Belgique, et il fait la fierté des Bruxellois !

— Ah bon ?

— Oui, il est même célèbre à travers le monde.

— Et qu'est-ce qu'il a fait de si mémorable pour qu'il soit adulé à travers le monde ?

— On se le demande… réplique Christophe en souriant du coin de l'œil.

Il me fait visiter la Grand-Place de Bruxelles, une place carrée que je trouve simple et ordinaire, bondée de touristes asiatiques que l'on reconnaît à leurs éternels appareils photos autour du cou. Les chocolateries sont collées les unes aux autres. Je m'arrête devant l'une d'elles, et le vendeur me regarde.

— Je peux vous aider ? me demande-t-il.

— Non merci, je regarde la beauté de l'emballage, les différentes feuilles dorées.

— Ah oui ! Les chocolats sont bien emballés, répond-il. Vous êtes une touriste ?

— Non, mais c'est la première fois que je viens sur cette place.

— Cette place est très connue dans le monde, et je suis heureux que vous la visitiez.

Puis il poursuit :

— Vous en voulez ?

— Quoi ?

— Du chocolat.

— Non, je n'aime pas le chocolat.

— Vous venez de quel pays ?

— Côte d'Ivoire.

— Mais c'est le premier pays producteur de cacao ! s'exclame-t-il avec enthousiasme. C'est dommage, vous ratez les bonnes choses.

Pendant ma conversation avec le vendeur, Christophe qui était parti chercher une gaufre me rejoint.

— Très bien, dit-il. Il faut y aller.

Je n'achète pas de chocolat et je prends congé de mon interlocuteur. Avant de sortir du centre-ville, Christophe me demande de nouveau de vérifier s'il n'y a pas de poulets dans la rue.

— Mais Christophe, tu me dis toujours de regarder s'il n'y a pas de poulets. Mais depuis que nous avons quitté la maison, je n'ai pas vu de poulaillers tout au long de notre parcours.

Il freine soudain brusquement et je l'entends crier :

— Putain ! Je ne te parle pas de poulaillers, mais de poulets !

— Ben alors ? Quelle est la différence ? Le poulailler c'est le lieu d'habitation du poulet ! Je n'en ai vu aucun dans les rues où nous sommes passés.

— Mais, je ne te parle pas des poulets que tu braises ou que tu fais cuire pour manger ! s'écrie-t-il avec colère.

Je veux parler des policiers, on les appelle ici des poulets !

— Les policiers sont appelés des poulets ?

Puis je me mets à rire.

— Ce n'est pas marrant, réplique-t-il, parce que si je suis pris, je suis mis au violon !

— Tu es mis au violon ! Pourquoi au violon ? Tu n'as rien fait de mal, pourquoi serais-tu mis derrière les barreaux ?

— Oh ! qu'est-ce que tu es nulle ! me lance-t-il énervé. Très bien, on rentre !

Puis il appuie sur l'accélérateur. Les vitres sont baissées et mes tresses se redressent comme si j'avais reçu des pétards. Pour lui, je n'ai pas l'air de comprendre ce qu'il essaie de me dire et il est urgent de rentrer le plus vite possible à la maison. Sa conduite est digne du Rallye Bandama. Ce Christophe est très bien, au fond, je le compare au pilote de Formule 1, le Brésilien Senna. Ce coureur, je l'ai beaucoup admiré quand j'étais dans mon pays. Oh ! je pense que je suis tout aussi tarée que Christophe ! Mais Christophe, qui a à peine dix-sept ans, roule à tombeau ouvert. Je m'accroche à la poignée de maintien, les pneus de la voiture touchent à peine le bitume. Le sang me monte à la tête. Les tripes prêtes à sortir, je hurle :

— Roule doucement ! On risque de se faire ramasser en morceaux sur cette route si tu conduis comme un fou !

— On doit vite rentrer à la maison, à moins que tu ne veuilles te retrouver face aux poulets ! insiste-t-il.

— Encore tes poulets ?

Après cette tournée bruxelloise de folie, nous sommes devant la maison. Le moteur est à peine éteint que Pascal saute devant la voiture. Ses yeux sont exorbités et ses mains tremblent comme des feuilles. Je sens qu'un vent de colère ne va pas tarder à s'abattre sur nous.

— Pourquoi as-tu osé faire ça ? Tu as mis la vie de mon épouse en danger ! Elle n'a pas encore sa carte de résidente, et tu veux lui attirer des problèmes ?

Pascal sermonne son fils en vociférant. Mais pourquoi s'agite-t-il comme ça ? Christophe m'a seulement fait faire le tour de Bruxelles, ce que lui n'a pas fait depuis bientôt un mois que je suis là. J'ai bien aimé ce tour. Pourquoi s'énerve-t-il contre un gentil garçon ? Il poursuit son fils partout en gesticulant.

— Je n'ai rien fait de mal, tente de se justifier Christophe. Je voulais juste lui faire visiter la ville.

Il commence à en avoir marre d'entendre son père hurler, et il sort en claquant violemment la portière derrière lui.

— Tu n'avais pas le droit sans ma permission ! lance Pascal.

Pourquoi Pascal se fâche-t-il ainsi ? J'ai bien aimé cette visite guidée en voiture, même si la conduite de Christophe était dangereuse. Et cela m'a permis d'éprouver des sensations, sauf que je n'ai pas vu de poulaillers au bord des routes.

Quelqu'un vient alors sonner à la porte, sans doute alerté par les cris de Pascal. Linda s'empresse d'ouvrir.

— C'est le voisin ! dit-elle.

Nous nous précipitons tous à la porte. Le voisin est venu signaler que la voiture de Pascal est garée devant chez lui. Pascal la déplace, et quand il rentre Christophe est déjà sorti. Toujours en colère, Pascal s'assoit sur une chaise du salon. Je lui demande :

— Pourquoi tu n'es pas content que Christophe m'ait fait faire le tour de la ville ?

— Il n'avait pas le droit de prendre cette voiture sans permis de conduire, répond Pascal.

— Cela veut dire que si on s'était fait prendre par un policier, Christophe serait en garde à vue ?

— En effet, il a pris des risques en te faisant visiter la ville. C'est moi qui suis responsable de ses actes parce qu'il est encore mineur. On ne m'aurait plus donné la permission de sortir et de te voir, répond-il avec mécontentement, mais contrôlé cette fois.

Oh mon Dieu ! La joie d'avoir visité Bruxelles que j'éprouvais tout à l'heure se transforme en inquiétude. J'ai risqué ma vie avec Christophe qui n'a pas son permis de conduire. Je comprends maintenant pourquoi il me disait de regarder s'il n'y avait pas de policiers qu'il appelle des poulets. Même s'il y en avait eu, je n'aurais pas su que c'étaient eux, les poulets. C'était la première fois que j'entendais ce mot pour désigner les policiers ! Ils nous auraient mis au violon, moi qui ai un permis de séjour de trois mois et lui qui est mineur. Je sens mes jambes se dérober sous moi. Je dis alors doucement :

— Pourtant il a conduit l'autre fois pour aller à l'aéroport.

— Je sais ! réplique Pascal. Il aime la vitesse, il pouvait se faire prendre aussi !

— Mais on n'a pas été pris. Donc il n'y a pas de raison de se mettre dans un état pareil… Et puis j'ai beaucoup apprécié cette visite, alors il n'y a pas de quoi faire tout un scandale.

Je comprends Pascal. Il ne veut pas que les médecins lui interdisent de voir sa famille en supprimant sa sortie.

Le soir venu, les choses se calment. Christophe n'est toujours pas rentré. Sans doute est-il fâché contre son père. Pascal retourne à la clinique parce qu'il avait seulement la permission pour la journée. Il reviendra demain.

Vers quatre heures du matin, j'entends une clé dans la serrure. C'est Christophe, mais il n'est pas seul, il est accompagné d'un ami.

III

Les maraudeurs

Nous sommes bientôt en octobre. Un petit vent froid souffle. Venant d'un pays dont la température frôle celle du désert brûlant du Sahara, je sens la baisse de chaleur et je comprends que je vais grelotter dans mes vêtements en décembre.

Afin que je vienne habiter chez lui, Pascal avait promis de me scolariser mais il ne l'a toujours pas fait.

Enfin, un matin, il décide de m'inscrire à l'Athénée Théo-Lambert à Anderlecht. Il est désormais hors de question que je demeure la bonne à tout faire. Il m'avait épousée pour rompre sa vie de célibataire que lui avait imposée la mère de ses enfants.

La veille de ma rentrée scolaire, il me propose de l'accompagner au parc Astrid. Il marche vite avec ses longues jambes, je cours presqu'à ses côtés, en prenant la direction du grand stade de football, le stade Constant-

Vanden-Stock qu'il m'avait montré deux semaines auparavant. Je reconnais l'endroit, je suis même la première à y pénétrer. Dans l'enceinte du parc, un bâtiment nous fait face.

— Tu vois ce bâtiment peint en jaune, ce sera ta nouvelle école, me dit-il.

Je regarde la bâtisse. Je ne savais pas qu'elle abritait une école. Il pénètre dans le bâtiment et je le suis. Il résonne de cris d'enfants, de bruits de pas des professeurs. Personne ne nous regarde, tous sont occupés à courir dans les couloirs. Un monsieur qui est sur le point d'entrer dans une classe se dirige vers nous et nous accoste :

— Puis-je vous aider ?

— Bonjour monsieur, c'est pour une inscription, répond Pascal.

— C'est pour une inscription ? Mais vous êtes en retard ! Venez, suivez-moi.

Sans qu'on ne le lui demande, Pascal se lance alors dans une longue diatribe :

— Mon épouse vient d'Afrique, c'est la première fois qu'elle se trouve ici, en Belgique, et j'aimerais l'inscrire dans cette école.

L'homme qui est debout face à nous me regarde drôlement et fronce les sourcils. Il me dévisage avec ses petites lunettes rondes qui tombent presque sur son nez. Je reste perplexe, je ne dis pas un mot parce qu'il se perd déjà dans ma bouche. Lorsque j'ose le regarder, il s'adresse à moi :

— Comment t'appelles-tu, mademoiselle ?

Mais c'est Pascal qui répond à ma place :

— Je viens de vous dire que c'est mon épouse.

Oh mon Dieu ! Cet homme n'a-t-il pas confiance en Pascal ? Pourquoi me demande-t-il mon nom ? Il s'approche de moi, et me prend à part. Que veut-il de moi ?

— Quel âge as-tu, mon enfant ?

Je reste muette.

— Es-tu l'épouse de cet homme ? Il est plus âgé que toi…

— Oui, c'est mon mari, dis-je timidement.

— Alors quel âge as-tu ?

— Dix-huit ans monsieur.

Il ne me demande rien d'autre et me fait revenir dans la salle où se trouve Pascal.

— Très bien monsieur, je vais inscrire votre épouse, déclare-t-il.

Il prend les pièces d'identité de Pascal pour les photocopier et la mienne pour le dossier d'inscription. Pascal remplit un formulaire, et en quelques minutes je suis inscrite à l'Athénée Théo-Lambert. Sur le chemin du retour, Pascal me demande de quoi nous avons parlé lorsque ce monsieur m'a prise à l'écart. Je le lui raconte puis je lui demande :

— Pourquoi il m'a posé toutes ces questions ?

— Il a peut-être imaginé que tu as été kidnappée, ou il a pensé que tu étais trop jeune pour être mon épouse.

C'est vrai que tout le monde penserait comme lui, étant donné que je suis mince comme une brindille. Je viens à peine de sortir de l'adolescence, et à première vue, on n'hésiterait pas à me considérer comme une enfant. En occident, je suis majeure, mais dans mon pays je suis encore une mineure, parce que la loi stipule qu'on n'obtient sa majorité qu'à l'âge de vingt et un an. Je ne sais pas qui a raison.

Le lendemain, Pascal décide d'écrire à son administrateur provisoire de biens, maître Wielemans, pour lui signifier mon inscription à l'Athénée Théo-Lambert et lui notifier par la même occasion qu'il voudrait reprendre l'appartement du premier étage. Mais le locataire de l'appartement doit partir pour que Pascal y habite avec sa famille. Le rez-de-chaussée n'a pas de douche, les enfants de Pascal et moi nous nous lavons dans un coin de la cuisine, puis nous faisons sécher nos serviettes sur la terrasse du jardin.

L'appartement au-dessus comprend deux chambres, une salle de bain, une cuisine et un salon. Pascal est content de vivre une vie de famille dont il a toujours rêvé. Une famille réunie, avec sa nouvelle épouse et ses enfants qu'il avait fait venir de Côte-d'Ivoire. Cette vie, il l'espérait avec la mère de ses enfants. Malheureusement, sa mère qui vivait à l'époque voyait cela d'un mauvais œil. Une atmosphère malsaine s'était installée entre la mère des enfants et la mère de Pascal, et une haine qui ne disait pas son nom couvait. Par la suite, contre toute attente, la mère de Pascal a décidé que la mère des enfants ne reviendrait plus en Belgique car elle ne voulait plus la revoir. Leur couple n'y a pas survécu. Alors ce qu'il n'a pas réussi dix-huit ans plus tôt, il veut maintenant l'accomplir.

Sans contenir son enthousiasme, il se rend chez son père.

— Papa, je viens d'écrire à maître Wielemans, déclare-t-il joyeusement. Je voudrais occuper toute la maison avec les enfants et mon épouse. L'encombrement au rez-de-chaussée est devenu insupportable.

Son père approuve sa requête et l'encourage à rencontrer le locataire afin de rompre le contrat de bail. Il doit cependant attendre la réponse de son administrateur provisoire de biens. De mon côté, je n'hésite pas à dire au père de Pascal que j'ai commencé l'école depuis deux jours. Il est content d'apprendre cette nouvelle.

Quelques jours après, Pascal reçoit une réponse positive de maître Wielemans. C'est un après-midi, je viens de rentrer de l'école. Pascal agite la lettre sous mon nez.

— Regarde ! Nous allons bientôt habiter dans toute la maison ! lance-t-il joyeusement. La lettre dit que le locataire a deux semaines pour quitter les lieux.

Enfin ! Nous aurons toute la maison pour nous ! Une grande cuisine, une salle de bain : plus besoin de se laver dans la cuisine sans se faire épier par les voisins. La mine sombre, je le regarde, mais tout à sa joie, il ne me laisse pas placer un mot. Il poursuit :

— On dirait que cela ne te fait pas plaisir d'avoir une chambre à toi.

— Si, je suis tout aussi contente que toi. Mais en ce moment, je ne suis pas d'humeur à parler de ça.

Il me regarde avec de grands yeux, et s'approche de moi.

— Qu'est-ce qui ne va pas dans ta nouvelle école ?

— Le néerlandais. Je n'ai jamais étudié cette langue dans mon pays, et cela me pose problème. D'ailleurs, mon professeur voudrait te rencontrer.

L'enthousiasme qui illuminait le visage de Pascal se transforme soudain en inquiétude. Je répète :

— C'est le néerlandais. Il est obligatoire dans la région de Bruxelles.

— Qu'allons-nous faire ? se demande-t-il.

— Oui ! Qu'allons-nous faire ?

Au lieu de m'intéresser aux nouvelles de la maison, je viens de donner du travail à Pascal. Il court chez son père pour lui expliquer ma situation. Quand il revient, il me dit que la commune de Waterloo est la seule ville de la périphérie de Bruxelles où le néerlandais n'est pas obligatoire. Il doit toutefois rencontrer le professeur qui l'a convoqué.

Le lendemain, dans un vent froid qui glace le corps, nous partons rencontrer le proviseur de l'Athénée Théo-Lambert. Celui-ci nous conseille d'aller à Waterloo comme l'avait préconisé, la veille, le père de Pascal. À l'Athénée Théo-Lambert, j'avais fait la connaissance d'une jeune Yougoslave. Elle semblait fière d'être yougoslave parce qu'elle me parlait souvent de ses grands-parents qu'elle avait laissés là-bas. Ici, elle habite avec ses parents. Elle est arrivée à Bruxelles à l'âge de trois ans et n'a qu'une vague image de son pays, mais ses grands-parents viennent la voir. Moi, je ne connais la Yougoslavie qu'à travers les livres d'histoire que ma professeure, madame Aké, me faisait ingurgiter dès la première heure de cours. Je devais réciter par cœur les leçons sur la Yougoslavie lors de la leçon sur la Première Guerre mondiale déclenchée par l'assassinat de l'archiduc François-Ferdinand. Ah ! sacrée madame Aké ! Elle aimait vraiment son travail, elle le faisait avec tant d'abnégation !

Un matin, sous une fine pluie, Pascal et moi prenons la voiture pour Waterloo. Waterloo, je ne l'ai connue aussi qu'à travers mes livres d'histoire. Cette ville doit sa renommée à la défaite de Napoléon et à la victoire du général Wellington. Je ne l'ai vue que dans des films et des documentaires que madame Aké nous faisait visionner. Toute cette histoire ne me faisait pas rêver parce que, moi, les guerres je ne les aime pas. La guerre, elle ne choisit pas ses victimes, elle passe telle la peste qui ravage tout sur son chemin, elle n'épargne personne. C'est pour cela que j'ai toujours détesté les guerres. Opah me disait que les guerres tuent en premier les pauvres avant d'atteindre les riches qui croient être à l'abri. Et voilà que je vais être inscrite dans une ville où les combats n'ont eu aucune pitié des soldats qui n'avaient rien demandé, sauf une petite vie, et qui se sont retrouvés au service des rois, des empereurs et des chefs d'État…

La voiture roule vers une direction que je ne connais pas. Je suis sereine parce que ce n'est pas Christophe qui conduit. Vingt minutes plus tard, Pascal me montre la gare de Waterloo. Puis il gare la voiture près de celle-ci. Nous marchons quelques mètres, et j'aperçois un grand bâtiment en brique rouge.

— Regarde ! C'est le bâtiment là-bas, dit Pascal.

Oh mon Dieu ! Je suis à Waterloo… Où sont les statues de ces vaillants soldats qui ont combattu pour la patrie ? Je regarde autour de moi, je ne vois que des arbres tout le long de la route qui mène à l'école. Apparemment, Pascal connaît les lieux. Nous entrons par une grande porte vitrée dont l'encadrement est rouge. À l'accueil, le sol est couvert d'un tapis gris et les murs sont les mêmes que ceux de l'extérieur. Une dame blonde, petite et mince, nous sourit. Pascal s'avance vers elle, d'un pas assuré. Je le suis, l'air perdu, lorsque Pascal déclare :

— Bonjour madame. Je suis monsieur Bourgeois. Mon épouse est inscrite dans votre établissement. Nous sommes ici pour qu'elle suive les cours.

La dame hoche la tête, puis elle me regarde avec de grands yeux noisette. Oh mon Dieu… Elle ne va pas me demander les mêmes choses que celui de l'Athénée Théo-Lambert de Bruxelles ? Je me cache derrière Pascal, de peur qu'elle ne me presse de questions ou qu'elle ne me demande si je suis bien l'épouse de ce vieil homme debout devant moi. Mais elle prend le registre d'inscription, l'ouvre et balaie des yeux tous les noms des élèves. C'est à ce moment-là que Pascal lui demande son nom :

— Nous ne nous sommes pas présentés, madame.

— Je m'appelle Florence, l'éducatrice de l'école, répond-elle les yeux toujours rivés sur le registre. Ce n'est pas un peu tard, monsieur ?

— Si, mais elle était inscrite à l'Athénée Théo-Lambert de Bruxelles. Mais comme le néerlandais est obligatoire à Bruxelles, le directeur de l'établissement nous a orientés vers vous.

— Comment s'appelle-t-elle ? demande la jeune dame.

Je m'empresse de répondre :

— Je m'appelle Jeanne Bamah.

Elle regarde de nouveau le registre en suivant les lignes du doigt.

— Je ne vois malheureusement pas votre nom, madame, déclare-t-elle. Je vous adresse à mon collègue.

Un homme roux, assez charismatique, se lève derrière le bureau de l'accueil et s'avance vers nous.

— Je suis Sylvestre, dit-il en tendant sa main à Pascal pour le saluer.

Il consulte à son tour le registre.

— Monsieur, vous êtes certain qu'elle est inscrite chez nous ? demande-t-il à Pascal.

— Oui monsieur, réplique Pascal.

Oh mon Dieu ! Quand toutes ces questions vont-elles finir ? Suis-je digne d'être inscrite dans cette école ? Les recherches prennent du temps et le soleil que nous avons laissé derrière nous à Bruxelles nous rattrape. Il est onze heures et ces personnes n'arrivent toujours pas à retrouver mon nom dans le registre. Ce monsieur Sylvestre me regarde d'une drôle de façon, puis il me sourit. Je lui rends son sourire avec l'inquiétude de ne pas être prise dans l'école. Il me semble pourtant gentil. Le grand registre entre les mains, il parcourt encore la liste des noms.

— Il n'est pas trop tard pour son inscription ! lance-t-il à Pascal. Parce que je ne trouve pas son nom.

— Elle est inscrite ici ! insiste Pascal.

Pascal a la manie d'agiter ses jambes lorsqu'il est contrarié ou quand il n'arrive pas à trouver une solution à un problème. Je vois ses jambes trembler et je m'approche de lui pour cacher son malaise. Monsieur Sylvestre s'adresse tout à coup à moi :

— Quel est ton nom, jeune fille ?

Cette fois, c'est Pascal qui répond précipitamment. Cela devient agaçant ! Retrouver un nom n'est quand même pas si difficile pour des gens dont je suppose qu'ils connaissent leur métier.

— Je viens de dire à votre collègue que c'est mon épouse. Je suis monsieur Bourgeois, et vous-même, monsieur, vous lui avez demandé comment elle s'appelle.

Toutes ces questions et le fait de ne pas retrouver mon nom dans le registre d'inscription commencent à mettre Pascal hors de lui. Il hausse le ton :

— Écoutez monsieur, mon épouse est bien inscrite chez vous, c'est pour cela que nous sommes ici.

Le grand roux examine encore le registre scolaire, puis il me regarde avec de grands yeux ronds et me sourit de nouveau en me demandant :

— Vous êtes certaine que vous êtes inscrite ici ? Souvent, il y a des parents qui nous confondent avec l'école des Sacrés-Cœurs qui est à côté, pas loin du centre-ville.

— Elle est inscrite ici ! répète Pascal.

La collègue de Sylvestre reprend alors le registre et me demande d'épeler mon nom de jeune fille.

— Jeanne B.A.M.A.H. : c'est mon nom de jeune fille.

— Jeanne B.A.M.A.H., reprend-elle.

Décidément, cette cérémonie ne finira jamais ! C'est alors qu'un gros petit homme sort d'un bureau en face de l'accueil.

— Nous pouvons vous aider, monsieur ? dit-il à Pascal.

Mais Pascal n'ose plus répondre. Madame Florence explique notre problème. Il regarde alors le registre, puis déclare :

— Monsieur Sylvestre, accompagnez cette demoiselle dans sa classe. Elle est dans la classe de madame Girardot, la professeure d'anglais.

Après avoir dit au revoir à Pascal, je suis monsieur Sylvestre. Nous montons au premier étage : tout le long du couloir, des portes et encore des portes, les unes après les autres, sans doute celles des salles de classe. J'entends du bruit, des hurlements étonnés, puis quelques cris qui couvrent les voix, des hurlements, sans doute ceux des professeurs. Nous arrivons devant une porte. Monsieur Sylvestre l'ouvre, puis il me présente à une dame corpulente un peu âgée, qui tient un livre à la main. Elle me dit dans la langue de Shakespeare :

— You are a new student, what's your name? Please, introduce yourself.

Cette dame m'a prise du court. Heureusement que j'ai appris l'anglais dans mon pays. Ah ! mon professeur d'anglais de Côte d'Ivoire, monsieur Benjamin, originaire du pays voisin, le Ghana… Il était très rigoureux ! Je me ressaisis donc vite et je me lance :

— My name is Jeanne Bamah, I am from Ivory Coast, West Africa.

Puis chaque élève se lève et se présente à moi en anglais. La professeure d'anglais m'indique ensuite une place devant elle. Le cours ne dure cependant pas longtemps car je dois me rendre au cours de chimie donné par une certaine madame Beaulieu. Je me présente de nouveau aux élèves, mais eux ne se présentent pas. La professeure, une dame blonde, me demande si j'ai suivi des cours de chimie dans mon pays.

— Oui, madame.

— De quel pays viens-tu ?

— De Côte d'Ivoire.

— C'est un pays d'Afrique ! lance un élève dans la salle.

— On parle français là-bas ? demande un autre élève.

Oh mon Dieu ! Qu'est-ce qu'il ne faut pas entendre… Quels incultes, en culture générale du moins ! Les élèves me balancent des questions stupides sur mon pays, elles m'irritent et je ne réponds pas.

— Très bien, ça suffit ! intervient madame Beaulieu.

Elle me demande de m'asseoir derrière une élève dont les cheveux couleur du soleil me barrent la vue.

Je ne dis pas un mot durant le cours. J'ai envie de partir vite rejoindre Pascal à la maison. Il m'a montré comment prendre le train pour rentrer à Bruxelles. À N'douci, je n'ai jamais pris le train. Je prenais un taxi-brousse pour aller à Tiassalé et dans les villages alentour. À Gagnoa, je faisais mes huit kilomètres à pieds avec les enfants de l'oncle Zanzibar pour me rendre au collège. Ici, pour la première fois, j'allais prendre le train. Oh mon Dieu, viens à mon secours parce que je ne sais pas comment cela se passe, même si Pascal me l'a expliqué avant qu'on ne prenne le chemin de Waterloo en voiture.

C'est vrai que la veille, nous sommes allés à la gare du Midi. Il m'a montré l'itinéraire, puis nous avons fait le chemin ensemble. J'essaie de m'en souvenir, mais je vais le faire sans lui.

C'est ainsi que tout effrayée de monter dans un train pour le retour, je prends mon courage à deux mains et je me dirige vers la gare. Un quart d'heure plus tard, je suis dans le train. « Tu descends à la gare du Midi », m'a dit Pascal. Je répète dans mon for intérieur : « la gare du Midi ». Dans le train, j'entends le contrôleur annoncer que nous sommes arrivés. Je descends l'escalier en suivant la foule. Comment vais-je sortir de cette grande gare ? Il y a plusieurs issues. La plus grande mène aux arrêts de bus et de tram. Je suis les passagers qui se dirigent vers l'arrêt de tram. Mais où se dirigera le tram que je prendrai toute seule ? Puis je me rappelle que Pascal m'a dit de prendre le tram 56. Je n'ai jamais vu de tels transports ! Dans mon pays, je prenais le bus dans la capitale pour aller à mon école. Et cela m'amusait beaucoup parce que je n'étais pas seule à le faire : il y avait les enfants de ma grande sœur Mariétou avec moi, et nous étions contentes parce que ce n'était pas payant pour les élèves du primaire. Notre uniforme était un laissez-passer. Mais ici, bien que Pascal m'ait acheté un titre de transport, je ne connais pas les lieux et j'ai peur parce que je ne sais pas quoi faire. Au milieu de la foule de l'heure de pointe, je vois des trams qui se croisent, déposent et chargent des passagers. Je regarde de toutes parts : tous se ressemblent. Debout, à l'arrêt, je suis perdue. Quelle direction prendre ? Quelle ligne dois-je emprunter pour arriver à la maison ? Je vois une jeune femme africaine courir vers le tram qui vient de s'arrêter à mon niveau. Je fais comme elle, ne sachant pas où ce tram m'emmène. Le chauffeur me laisse monter. À peine assise et encore tout essoufflée, je me relève et je me dirige vers cette dame :

— Excusez-moi madame, vous allez à Anderlecht ?

— Pourquoi cette question ? Et en quoi cela vous concerne-t-il ? me rétorque-t-elle avec arrogance.

Oh mon Dieu ! Certes je comprends qu'elle ne pouvait pas savoir que je ne connais pas la ville, mais on peut tout de même faire preuve d'un peu d'élégance quand on est en face de quelqu'un qui ne retrouve pas son chemin. Même si cette réponse me laisse médusée, je reprends calmement mon souffle et je reprends poliment :

— Madame, si je vous demande cela, c'est parce que je ne connais pas la commune. Je descends à Saint-Guidon : pouvez-vous s'il vous plaît me dire où se trouve Saint-Guidon ?

— Vous êtes nouvelle ici ?

— Oui.

— C'est votre première fois en Belgique ?

— Euh…

Je n'ose pas lui dire que c'est la première fois que je prends le tram toute seule. Les yeux des autres passagers sont rivés sur moi. Je remue simplement la tête. Heureusement, le chauffeur a entendu notre conversation. Il m'avertit quand il faut descendre à Saint-Guidon :

— Saint-Guidon, madame, me dit-il en me regardant à travers ses grosses lunettes noires.

Je descends devant une librairie. Je passe devant un grand bâtiment rond vitré, puis un restaurant grec au coin de la rue. Je traverse celle-ci et je me retrouve place de la Vaillance. Comme me l'a indiqué Pascal, je me dirige ensuite vers l'église Sainte-Anne qui jouxte la clinique Sainte-Anne. Pascal m'attend devant l'agence de voyage où il avait acheté mon billet d'avion pour Bruxelles. Il est dix-sept heures.

— Tu vois, c'est facile comme de l'eau à boire, déclare-t-il lorsqu'il me voit. Tu as réussi à arriver jusqu'ici.

Je réplique :

— J'ai dû me renseigner ! Pourquoi es-tu venu m'attendre ici ?

— Je t'ai vue, alors j'ai couru.

Puis il reprend :

— Non, c'est pour te charrier ! Je viens à peine d'arriver pour t'attendre à Saint-Guidon. Je ne voulais pas prendre la voiture parce que j'ai pris mes médicaments.

C'est vrai que Pascal prend encore des médicaments et lorsqu'il les prend, il est impossible pour lui de conduire. Voilà pourquoi il m'a dit de prendre le train pour rentrer à la maison.

La journée s'est déroulée comme je l'espérais, parce que les cours à Waterloo se sont bien passés. Linda rentre à son tour de l'école. Elle ne parle à personne, ni à son père, ni à moi. On a l'impression qu'elle en veut à une tierce personne. Elle pousse violemment la table, la seule table du salon, lance son cartable qui vient rebondir sur une chaise. Je ne comprends pas son comportement, mais tant pis ! Comme Pascal a fait les courses pendant que nous étions à l'école, j'ouvre le réfrigérateur : je prends quelques tranches de jambon et j'en propose à Linda en l'invitant à table avec moi.

— Je ne t'ai rien demandé ! me répond-elle insolemment.

Puis elle ouvre à son tour le réfrigérateur pour se servir, claque la porte de celui-ci, puis la porte de la cuisine. Tout à coup, j'entends Pascal crier :

— Tu veux bien arrêter ce boucan ! Et d'ailleurs, pourquoi tu boudes ?

Mon Dieu, d'où sort cette colère ? Pourquoi est-elle dans cet état ? Je me pose des questions : qu'est ce qui ne va pas chez Linda ? Je m'approche timidement :

— As-tu eu des problèmes avec tes professeurs ?

— Putain ! Fous-moi le camp ! hurle-t-elle brutalement. C'est toi mon problème !

Puis elle me marche sur l'orteil.

Mais comment puis-je être le problème de Linda ? Soudain, à ma grande stupeur, elle vient m'arracher mon plat de jambon et le verse dans la poubelle. Je reste bouche bée sans comprendre ce qui m'arrive. Pascal vient alors lui demander pourquoi ce comportement arrogant. Je crois que le chemin que j'ai emprunté dans la vie continue... Opah me disait : « Notre destin vient du choix que nous faisons. » Ai-je fait un mauvais choix ? Ou suis-je dans un cauchemar qui ne dit pas encore son nom ? Bien sûr, Pascal me somme de ne rien répliquer ! Mais comment pourrais-je répliquer quelque chose ? Ce geste m'a rendue muette.

— C'est comme ça, les adolescents ! essaie de justifier Pascal.

Il tire ensuite le bras de sa fille :

— Veux-tu me dire pourquoi tu agis ainsi ? Pourquoi as-tu jeté son plat dans la Poubelle, répète-t-il.

Pendant qu'il tente de trouver une réponse à tout ce chahut, je sors de la maison pour éviter que cela s'envenime. Je me dirige vers le petit parc non loin de la rue Raskin, juste en face d'un buraliste et d'une boulangerie. Il est dix-neuf heures. Assise sur un banc près d'une cabine téléphonique en verre, je réfléchis : suis-je née pour souffrir ? Non, je ne peux pas être le souffre-douleur de tout un monde. Mes pensées se tournent vers mes parents, vers mon pays. Ai-je fait le bon choix ? Opah avait-il raison de dire que notre choix détermine notre vie ? Je répète de nouveau en levant les yeux vers le ciel pour parler au Dieu d'Opah : « Ai-je fait le bon ou le mauvais choix ? » Opah disait aussi qu'il faut souffrir pour être formé à la vie. Suis-je dans cette formation pour apprendre ce que la vie me réserve ? Oh mon Dieu, je crois que je viens de comprendre ce qu'est la formation de la vie… Après deux heures où je reste plongée dans mes pensées, je viens de me rendre compte que je dois rentrer. Je marche doucement en réfléchissant toujours, et je rencontre Pascal sur le seuil de la porte.

— Je t'ai cherchée partout, me dit-il. Elle s'est calmée. Elle me reproche de t'avoir mise à l'école à Waterloo.

Je ne réponds pas, je songe seulement à me coucher. Je déplie le canapé-lit et je m'allonge, le ventre vide. Une heure plus tard, Pascal repart pour la clinique car il n'est toujours pas autorisé à passer la nuit chez lui. Heureusement, c'est vendredi soir : je vais enfin me reposer...

Alors que je pensais pouvoir me remettre de toutes ces émotions, j'assiste à un étrange manège : il est deux heures du matin, Linda et Christophe sortent de la maison. Marius, un ami de Christophe, les attend devant la porte. Deux heures plus tard, j'entends leurs pas dans le couloir. Ils y déposent des cartons à peine ouverts. Puis ils repartent. Je vois que les cartons contiennent des vêtements et des accessoires de luxe comme des lunettes Gucci. Quand ils reviennent, ils rapportent cette fois des pneus de voitures, des jantes et des enjoliveurs. Oh mon Dieu, dis-moi que j'hallucine ! Dans quelle famille suis-je tombée ? Christophe me secoue. Le fils de Pascal que je trouvais si sympathique se transforme soudain en fils de démon... J'essaie néanmoins de comprendre ce qui m'arrive.

— Viens nous aider à prendre les affaires, m'ordonne-t-il avec insolence.

Comme j'hésite à me lever, il me hurle dessus :

— Lève-toi, putain !

— Pourquoi dois-je me lever ?

— Quelle cruche, putain ! répète-t-il.

Puis il me pousse violemment et ma tête heurte la cheminée au-dessus. Je me retrouve tout à coup à terre.

— Fais-moi de la place ! me lance-t-il avec un regard dédaigneux, les bras chargés de ce qu'il vient de prendre.

Pour éviter le pire, je me relève et je me dirige vers la porte. Je vois Linda et Marius en train de faire rouler un pneu : ils s'efforcent de le faire descendre dans la cave. Quand il atterrit au fond de la cave, ils repartent. Je pensais ne voir ce genre d'action que dans un thriller hollywoodien. Mais non, le film est là, devant mes yeux. Je me ressaisis : cela ne se reproduira sans doute pas, c'est juste cette nuit...

Mais je me trompe ! Cela se répète le vendredi suivant, puis le samedi, chaque fin de semaine. Et cela devient de plus en plus fréquent.

Un jour, je n'en peux plus d'assister tous les soirs à ces méfaits. D'ailleurs, me taire fait de moi leur complice. Alors, je décide de parler à Pascal de tous ces vols nocturnes. Pascal arrive toujours très tôt à la maison, et ce matin-là je n'ai cours qu'à dix heures. Lorsque je le vois devant la porte d'entrée, je lui raconte ce qu'il se passe la nuit pendant son absence. Oh mon Dieu ! Pascal ne s'étonne pas... Et la réponse qu'il me donne d'un ton léger n'est pas celle que j'attends de lui :

— Tu sais, je ne pourrai rien faire, c'est sa vie !

Cela ne semble guère l'affecter ! J'insiste :

— C'est l'avenir de ton fils.

— Je n'y peux rien, murmure-t-il.

— On pourrait le dire à la police, parce qu'il est mineur. Sinon le pire arrivera si les propriétaires de tous ces objets volés le prennent la main dans le sac...

— Non ! Je ne peux pas ! crie Pascal. Je refuse que mon fils fasse la prison, je ne le supporterais pas !

J'aperçois soudain des larmes couler sur ses joues.

— Jeanne, je ne peux plus le contrôler depuis que je suis rentré en clinique. Je n'étais plus là pour m'occuper de lui. Depuis lors, il a un comportement que je ne peux maîtriser... Pour dire vrai, j'ai peur de lui. Et comment réagirait-il si j'intervenais ?

Ses pleurs s'intensifient.

Oh mon Dieu ! Comment mettre un terme au comportement insolent de son fils et à ses vols incessants ? Je le prends dans mes bras. Nous pleurons ensemble.

C'est vrai que cela n'est pas une solution, mais nous le faisons pour libérer notre conscience. Opah me disait que pleurer, c'est aussi se libérer.

IV

Le nouvel appartement

L'ancien locataire parti, Pascal décide d'emménager au premier étage de l'appartement. Un dimanche matin, le soleil sort peu à peu ses rayons pour illuminer notre quotidien. Toutes joyeuses, Linda et moi nous attaquons le nettoyage du premier étage. Nous sommes heureuses que chacune ait enfin sa propre chambre. Nous commençons par la salle de bain, puis nous passons à la cuisine et au salon. Quand nous arrivons dans les deux chambres, Pascal nous demande de choisir celle que chacune veut prendre. Christophe n'habite pas avec nous : quand j'ai emménagé au rez-de-chaussée de la rue Morjau, il est reparti chez son grand-père. Mais ça ne l'empêche pas de venir faire sa loi à la maison.

— Venez les filles ! Que chacune choisisse sa chambre ! lance Pascal dans une ambiance joyeuse.

Je suis la première à répondre :

— Je choisis la chambre qui donne sur la grande route. Elle est grande, et nous sommes deux : toi et moi.

La chambre face au jardin de la terrasse est plus petite. Elle convient à une personne seule. Oh mon Dieu ! En choisissant la grande chambre face à la route, je viens sans le vouloir de déclencher une violente colère chez Linda… Tout à coup, je l'entends dans mon dos me traiter de tous les noms d'oiseaux. Elle hurle que je suis une femme qui n'aime pas son mari et qui n'est là que pour ses biens, les injures pleuvent à toute volée. Linda se transforme en démon prêt à bondir sur moi, je suis l'ennemie à abattre, et elle ne peut plus s'arrêter de me massacrer. Si l'enfer s'ouvrait devant nous, elle m'y ferait rôtir sans pitié. Je n'arrive pas à placer un seul mot, ses paroles sont plus rapides que les miennes. Je ne suis qu'une voleuse de mari, c'est sa mère que son père aurait dû épouser et non une petite fille écervelée sortie de nulle part qui veut s'accaparer les biens de son père ! Soudain, le contenu du seau qui se trouve derrière la porte et qui a servi à nettoyer les autres pièces vole sur moi. Je me retrouve trempée de la tête aux pieds d'eau sale. Et Pascal qui ne fait rien pour arrêter ça ! Son corps est secoué de tremblements qu'il n'arrive pas à maîtriser. Et au lieu de faire face à ce qui se passe devant lui, il file se réfugier chez son père. Je me retrouve à nouveau seule, face à cette flambée de violence…

Bien que l'approche n'ait pas été facile, je croyais au départ que Linda pourrait se comporter comme ma petite sœur. Je pensais réussir, je l'appelais parfois « ma fille » parce que dans ma culture, quand tu as le même âge que l'enfant de ton époux, tu deviens sa mère. Il n'y a pas de belle-mère ni de belle-fille, mais une mère et une fille : c'est pour donner une place à l'épouse du père et surtout l'intégrer dans sa nouvelle famille et vice versa. Mais Linda se transformait de jour en jour en une bête incontrôlable.

Livrée à mon sort, j'essaie tant bien que mal de justifier mon choix. Devant cette petite diablesse qui connaît tous les mots de la langue française que même Molière ignorait, je me ressaisis. J'enfile des vêtements de rechange, et je mets ceux qui sont trempés dans un sac pour le prochain lavage.

La journée que j'avais commencée dans une joie s'est assombrie. Pascal ne rentre pas à la maison. Quand je vais le chercher chez son père, j'ai à peine le temps de sonner que celui-ci apparaît à la fenêtre :

— Pascal est retourné à la clinique ! Vos querelles l'ont mis hors de lui, il n'a pas voulu retourner vous voir.

Je reste plantée devant la porte du père de Pascal un bon moment. Les mots m'échappent. Il est seulement quatorze heures. Comment Pascal a-t-il pu fuir ses responsabilités ? Je rentre tristement à la rue Jean Morjau. Linda et moi ne parlons plus de nettoyer le premier étage de la maison. La journée a été gâchée par une querelle, Pascal n'est pas là. Je me tiens loin de Linda, ou plutôt je n'ose pas lui dire un mot de peur de me retrouver de nouveau seule à me défendre.

Le soir venu, je déplie le canapé-lit et je me couche. Mais Christophe, qui dort habituellement chez son grand-père, arrive avec une copine, une petite blonde du nom de Marine. Il se dirige vers moi.

— Lève-toi ! m'ordonne-t-il. Tu ne vois pas que je suis avec ma petite amie ? Je veux ce lit, trouve-toi une place où dormir !

J'hésite à me lever, puis je réponds prudemment :

— Mais c'est là que je dors... Où veux-tu que j'aille ?

— Putain ! Ça m'est égal ! T'es aveugle ? Tu ne vois pas que je suis avec ma petite amie ? Fous le camp du lit, réplique-t-il avec violence.

Je me lève et je vais me coucher sur le tapis, derrière le sofa. Je pleure doucement en implorant le Dieu d'Opah. Mais qui peut m'entendre à ce moment-là ? Et comme si cela ne suffisait pas de m'avoir éjectée brutalement du lit, Christophe met la musique à rendre sourd un éléphant. Oh mon Dieu, comment peut-on vivre dans une atmosphère pareille ? Je ne trouve pas le sommeil de la nuit...

Le lendemain matin, Pascal revient à la maison. Il ne mentionne pas les disputes de la veille, mais parle des frais de l'électricité et de gaz que son administrateur provisoire de biens refuse de payer : il veut que ce soit

Pascal qui les paie parce que c'est son idée à lui de s'installer au premier étage de la maison. Mais depuis le départ du locataire du dessus, les revenus de Pascal ont diminué, et c'est pour cette raison qu'il ne peut pas payer ces frais. Autrement dit, il devra s'adresser à son père pour que celui-ci règle désormais les factures s'il insiste pour occuper le premier étage. Très en colère, il parle sans arrêt, il prétend qu'il va prendre un avocat pour que celui-ci mette la pression sur l'administrateur provisoire... Et lorsque Pascal ne sait pas résoudre un litige, il file voir son père ! À peine a-t-il fini de discourir, qu'il est donc de nouveau chez lui. Quelques heures plus tard, il revient à la maison.

— Mon père dit qu'il vaut mieux qu'on remette l'appartement du premier étage en location. Cela éviterait de nouveaux conflits à l'avenir, déclare-t-il.

Je réponds juste :

— Ah bon...

— Tu ne trouves pas qu'il a raison ?

— Pourquoi as-tu fui, hier ?

— Vos hurlements m'étaient insupportables. Et je ne voulais pas prendre parti. Je vois que tout va bien et que vous ne vous êtes pas entretuées, ajoute-t-il d'un ton sarcastique.

Puis il me demande :

— Que s'est-il passé après mon départ précipité ?

Je réplique :

— Il fallait être là pour connaître la fin !

— Très bien, je vois que ce n'était une bonne question, dit-il. Je vais passer une nouvelle annonce dans un journal de la place pour chercher un nouveau locataire.

Papi a peut-être raison... Il vaut mieux avoir un semblant de paix que pas de paix du tout.

Depuis ce triste événement, nous nous sommes mis d'accord pour louer de nouveau l'appartement. L'annonce a donc été passée. Quelques jours après, les locataires potentiels commencent à défiler chez le père de Pascal qui est chargé de recruter le bon payeur avec de bons revenus. Lorsque ce sont des Arabes qui se présentent, papi leur donne rendez-vous dans notre maison puis leur annonce poliment que l'appartement est déjà pris.

— Mais l'annonce est encore dans le journal ! objectent-ils.

— C'est un oubli messieurs, un oubli mesdames, répond le père de Pascal. Je ferai plus attention. Je vous en prie, ajoute-t-il en leur montrant aimablement la porte.

Les défilés de locataires potentiels ne cessent pas. Les Arabes, les Roms, les individus à la nationalité suspecte, les Noirs et les Belges aux vêtements douteux n'ont aucune chance d'être retenus. Le père de Pascal les sélectionne comme on sélectionne une équipe de football. Il les répartit selon leur accoutrement, et surtout leur boulot. Lorsque je lui demande pourquoi il met autant de temps pour choisir un locataire, il répond que c'est mieux de prendre quelqu'un de fiable qui ne va pas créer des ennuis quand il s'agira de payer son loyer.

Un matin, un couple d'Arabes se présente avec leur petite fille. Ils sont très bien vêtus, le mari est médecin dans un hôpital de la place, et la femme une architecte avec de l'avenir. Ils ont de bonnes références. Ce jour-là, je suis à la maison, et c'est moi qui leur ouvre quand ils sonnent. Ils demandent à visiter l'appartement du premier étage. À peine ont-ils le temps de me parler que le père de Pascal surgit derrière eux.

— Je suis désolé, monsieur, madame, mais l'appartement vient d'être pris. Vous arrivez un peu tard, leur dit-il tout en jouant dans les cheveux de leur petite fille.

Puis il ajoute très courtoisement, avec un grand sourire :

— La sortie, c'est par là.

« Quel hypocrite ! Dis-je à mon for intérieur »

Un mois, deux mois, trois mois passent. Nous voyons défiler un tas de personnes et Pascal commence à désespérer devant les multiples refus de son père. Il devient triste, l'inquiétude commence à l'envahir.

— À cette allure et avec ce comportement discriminatoire, se morfond-il, personne ne louera cet appartement ! Nous serons obligés de le prendre nous-mêmes.

L'affiche de l'annonce est toujours collée à la vitre de notre fenêtre, mais le père de Pascal a enlevé l'annonce dans le journal. Sa raison : ce ne sont pas les bonnes personnes qui le lisent. Il n'y a plus de rendez-vous programmés dans la maison, les gens s'arrêtent et sonnent pour demander si l'appartement du dessus est encore libre. Désormais, c'est nous qui le faisons visiter ou non selon leur tête.

Un soir, une jeune dame impeccablement vêtue sonne à notre porte. Derrière elle, se tient un petit garçon blond aux yeux bleus. Ses cheveux qu'il dégage d'un coup de souffle tombent sur son front.

— Je viens pour l'appartement, dit-elle.

Elle se présente comme une décoratrice d'intérieur. Et c'est une mère célibataire.

— Oui madame, l'appartement est libre, répond Pascal avec un brin d'espoir.

Il lui fait visiter l'appartement. Après quelques échanges, la dame signe le contrat de bail. Enfin !

Madame Delarieu s'apprête à devenir notre voisine du dessus avec son fils Mathieu.

V

Madame Renard

Un matin, une journée sans histoire qui commence enfin ! Les enfants sont absents, Pascal me propose de rencontrer une certaine madame Renard. Quelques jours auparavant, il m'avait parlé de cette dame. Je ne sais pas qui c'est, mais comme il en faisait des éloges j'ai accepté.

— Tu vas faire la connaissance de cette dame, elle est très gentille.

— Tu veux me faire rencontrer une femme parce qu'elle est gentille ?

— Non, parce qu'elle est tout simplement l'assistante sociale de la commune d'Anderlecht. Il est temps que je te la présente.

Je le regarde avec de grands yeux. Pourquoi dois-je rencontrer une assistante sociale ? Ai-je fait quelque chose de mal ? Je n'ai jamais vu de personnes qui travaillent dans le social dans mon pays. J'ai appris que ces personnes-là s'occupent des enfants des rues et de ceux qui sont maltraités par leur belle-mère. Mais moi, suis-je maltraitée ? Ah si, par ses enfants ! Oh mon Dieu, oui, je comprends ! Il y a deux jours, Christophe est venu avec une amie, une petite blonde un peu corpulente. Je regardais la télévision et il m'a ordonné de l'éteindre en me criant dessus de manière répugnante parce qu'il voulait écouter de la musique avec son amie. Ce que j'ai fait, et comme il n'y a pas d'autre chambre que le salon je suis allée tristement m'installer dans la cuisine. Il était vingt heures quand ça s'est passé. Je suis restée dans cette cuisine jusqu'à ce que je m'endorme là, assise sur une chaise contre le mur, emportée par la fatigue et le sommeil.

Au petit matin, j'entendais toujours le son de la musique. J'ai compris qu'ils ne s'étaient pas couchés mais qu'ils étaient restés éveillés en faisant la fête jusqu'au lever du jour.

Quand Pascal est arrivé et qu'il m'a demandé comment j'avais passé la soirée, je lui ai raconté ce qu'il s'était passé. C'est peut-être pour ça qu'il voudrait que je rencontre cette assistante sociale.

Nous prenons le chemin qui mène à la clinique Sainte-Anne. Je le suis nonchalamment et nous entrons dans un bâtiment qui n'est pas loin de l'église Saint-Guidon. À l'entrée, je vois beaucoup de personnes qui ont l'air de n'être pas très bien dans leur tête : il y en a un qui sourit sans cesse, un autre qui se frappe le front, un autre qui cogne sa tête contre le mur, deux autres à ma droite qui s'engueulent et un autre à ma gauche qui s'accuse d'avoir poussé sa nièce dans le vide. Je prends peur : je ne suis pas de cette catégorie, je ne fais pas partie de ces gens-là… Alors qu'est-ce que je fais ici, au milieu de tous ces détraqués ? Opah me dirait : « Ces personnes-là, ma fille, ce sont les accompagnateurs. » Ah ! peut-être que je fais partie des personnes qui accompagnent parce que je suis Pascal ? Soudain, un jeune homme surgit et se dirige vers Pascal et moi. Il a un paquet de cigarettes à la main et dans l'autre main un mégot sur lequel il tire sans cesse comme si on l'y forçait. Il s'adresse à nous :

— Vous êtes là pour madame Renard ?

Pascal ne répond pas. Alors il se tourne vers moi :

— Vous venez aussi voir madame Renard ?

Il s'exprime avec difficulté. Lorsque je le regarde, je vois qu'il n'a aucune dent dans la bouche. Je comprends pourquoi il tire sur sa cigarette de cette façon et pourquoi il parle ainsi. Il est si jeune pourtant… Oh mon Dieu ! Qu'est-il arrivé à ce beau jeune homme ? Je me tiens loin de lui. Puis il s'adresse de nouveau à moi, cette fois en me touchant le bras pour me signifier que c'est bien à moi qu'il veut parler :

— Vous êtes là pour madame Renard ?

Je ne réponds pas, je le repousse et je me cache derrière Pascal parce que son aspect m'effraie. Je me colle à Pascal pour qu'il ne me repose pas la question. Il comprend ma peur et dit de nouveau :

— Moi aussi, je viens la voir, mais elle est occupée. J'attends depuis une heure.

Il montre le banc sur lequel il était assis auparavant :

— Je vous cède ma place.

Cependant, je m'obstine à rester dans ma cachette de fortune.

— Je ne vous veux aucun mal. Je vous dis de vous asseoir, répète-t-il avec élégance.

Je sors timidement de mon abri et je m'assieds à ses côtés, les jambes tremblotantes. Pascal me regarde, il ne dit rien, puis il regarde sa montre sans doute pour dire que cela met du temps de rencontrer cette madame Renard. Le jeune homme, lui, n'arrête pas de nous raconter les misères qu'il rencontre dans ce monde pourri comme il le répète à chaque phrase :

— Il faut être du bon côté pour ne pas subir cela ! Je suis au chômage, j'ai reçu une convocation de leur part pour trouver du boulot, sinon je risque de ne plus toucher mes indemnités de chômage. Et je ne veux pas me retrouver dans la rue à mendier. C'est pour ça que je suis là, pour dire à madame Renard que je suis bien le traitement que ces hommes en blouse blanche m'ont infligé. Et d'ailleurs, je refuse de le prendre. Vous voyez madame, c'est un monde bêtifiant, je sais qu'on me prend pour un fou. Ah ! quel beau monde !

Mon Dieu, ce monsieur est fou et il me dit qu'il subit l'injustice de ce monde. Opah affirmait qu'on croit tous subir des injustices. Mais c'est nous qui les provoquons par notre désir de posséder ce qui est impossible, et cette obsession est accompagnée d'une souffrance. Car lorsque l'on n'a pas ce que l'on désire, on accuse les autres à tout bout de champ. Cet inconnu me raconte tout ce qu'il a dû subir pour autant haïr ce monde. Oui, moi aussi je haïssais ce monde quand j'étais dans mon pays, et je n'ai pas fini de le haïr, me dis-je.

Je suis perdue dans mes pensées quand une dame aux cheveux roux bouclés, toute petite, ronde, au visage ferme, ouvre la porte de son bureau.

— Au suivant ! crie-t-elle.

Pascal dit au monsieur qui était devant nous de rentrer, mais il refuse :

— Vous pouvez prendre ma place, je voudrais fumer ma clope.

Au moment où il allume sa cigarette, j'entends tempêter la dame rousse qui pointe du doigt un panneau d'interdiction de fumer collé dans le couloir :

— Monsieur Démontier, il est interdit de fumer dans l'enceinte de l'établissement ! Vous ne savez pas lire ? Puis elle le met dehors.

Tétanisée par sa réaction, je pense déjà au pire. Pourquoi Pascal m'a-t-il envoyée chez cette dame ? J'attrape sa main pour essayer de l'éloigner du bureau.

— Entrez, monsieur Bourgeois, et prenez donc place, l'invite la dame.

Je suis bien obligée de suivre Pascal. Elle ferme la porte derrière elle, prend une bouteille d'eau minérale, trois verres, et s'assoit derrière son bureau. Elle remplit un verre, le tend à Pascal, puis les deux autres verres et m'en donne un. Elle range quelques classeurs devant elle, sort un autre classeur de couleur bleue, l'ouvre et s'adresse à moi tout en consultant son classeur :

— Qui êtes-vous, madame ?

Je réponds timidement :

— Je suis l'épouse de monsieur Bourgeois.

— Oui, c'est mon épouse, confirme Pascal. Nous nous sommes mariés en Afrique, dans son pays. Et elle est là depuis quelques mois.

La dame me regarde avec des yeux verts tout ronds. Elle a camouflé ses cils roux sous une couche de mascara. Elle me demande :

— Vous êtes l'épouse de monsieur ?

— Oui madame.

Puis, elle me pose une autre question :

— Comment trouvez-vous votre séjour ici, madame ? Vous n'êtes pas dépaysée ? Votre famille ne vous manque pas ? Il paraît que là-bas c'est la grande famille, vous vivez tous ensemble dans la même maison. Cela ne vous manque-t-il pas ?

Je ne réponds pas, mais je me dis intérieurement : « Je n'ai rien fait, pourquoi cette dame voudrait tout savoir de moi ? Que me veut-elle ? » Toutes ces questions n'ont pour moi aucun sens. Je sais que dans mon pays toute la famille vit ensemble, qu'il y ait des liens du sang ou des liens plus insignifiants, et c'est vrai que ça me manque. Je me demande donc toujours pourquoi je suis ici, devant cette dame. Elle me regarde pour essayer de me soutirer quelques mots. Je baisse la tête, puis je la relève quelques instants après.

— Madame, est-ce que ça va avec les enfants de votre époux ? me demande-t-elle tout à coup, lorsque nos regards se croisent.

Je sursaute. En mon for intérieur, je me dis « enfin ! ». Je commence à comprendre la raison de cette entrevue. Et je suis contente à l'idée de lui relater mon pitoyable quotidien.

— Non madame, dis-je.

Mais elle balaie ma réponse d'un revers de main alors que je me sentais à l'aise pour lui expliquer ma situation. Ah madame ! Je suis prête à tout vous raconter, vous dire ce que les enfants de Pascal me font subir à la maison. Comme elle n'évoque plus des enfants, je murmure sur ma chaise : « Ce sont les enfants de Pascal qui me causent des problèmes. » Pourquoi ne me repose-t-elle pas la question ? Je fronce mon visage. Oh mon Dieu ! Pourquoi ne m'interroge-t-elle pas sur toutes les humiliations, les misères et le mépris que me font subir les enfants de Pascal ? Et pourquoi elle ne dit rien ? Oh non, c'est moi qui suis mise sur le banc des accusés ! Je sais maintenant pourquoi elle a sorti cette bouteille d'eau : pour me faire comprendre que la séance d'interrogatoire allait durer une éternité. Soudain elle s'exclame :

— Je suis madame Renard. Monsieur Bourgeois vous a parlé de moi ?

— Non madame.

— Et pourtant vous l'avez suivi jusqu'à moi.

— Oui madame.

— Très bien, je suis madame Renard l'assistante sociale de la commune d'Anderlecht. Parlez-moi de votre rencontre.

Je la regarde sans oser dire un mot de peur d'éclater en sanglots.

— Madame, je veux comprendre comment vous êtes arrivée à épouser un homme comme monsieur Bourgeois. Comment l'avez-vous rencontré ?

Cette dame me tape sur les nerfs. Toutes ses questions me rendent fébrile. Que dois-je répondre ? Je regarde le plafond de son bureau, les mots ne sortent toujours pas de ma bouche. Elle me regarde et ne sourit pas. Quelques minutes après, elle examine de nouveau le classeur devant elle. C'est alors qu'elle parcourt le passé de Pascal.

— Monsieur Bourgeois, j'ai votre dossier ici sous la main. Vous avez été interné au centre hospitalier Jean-Titéca de Schaerbeek.

Puis elle cite toutes les années qu'il a passées là-bas, le nombre de séjours qu'il y a effectués et pourquoi. Elle raconte toutes les bêtises que Pascal a faites avant d'en arriver à notre mariage. Elle me demande chaque fois si je connaissais les faits avant de prendre cet engagement de mariage avec lui. La vie de Pascal se transforme sous mes yeux en film d'horreur... Je réalise maintenant pourquoi il ne peut pas m'aider face à ces petits démons incarnés que sont ses enfants ! Après avoir tout mentionné, elle s'adresse de nouveau à moi :

— Madame, étiez-vous au courant du passé de votre époux ?

Au moment où je vais répondre à la « gentille dame », comme l'appelle Pascal, il rétorque à ma place :

— Oui, elle était au courant de tout ça.

La dame se tourne brusquement vers moi en fronçant les sourcils :

— C'est vrai ce qu'il vient de dire ?

Je ne peux pas déballer tout ce qui s'est réellement passé après le mariage, ni quel rôle ont joué ses deux soi-disant filles de son défunt frère jumeau... Je ne réponds pas, et soudain des larmes coulent sur mes joues. Je viens de comprendre ce que cette dame essaie de me dire : est-ce que tu sais dans quelle situation tu t'es mise et sur quel terrain tu es venue jouer ? Opah déclarait qu'il faut toujours deux personnes pour jouer. Suis-je la deuxième personne ? Quel rôle vais-je jouer ? Et d'ailleurs, comment pourrai-je jouer ? Être du côté de la victime ou du côté du bourreau ? Et comment pourrai-je savoir si je suis là pour me former à la vie ?

Tout avait commencé par un mensonge. Comment échapper à ce mensonge qui avait été si bien préparé ? Maintenant, je suis là, et qu'est-ce que je peux faire ? Quand elle voit les gouttes claires sortir de mes yeux, madame Renard me tend un mouchoir et me demande de l'attendre dehors pour que je reprenne mes esprits. Une demi-heure plus tard, elle me rappelle dans son bureau. Elle me tend un verre d'eau.

— Je suis désolée, madame Bourgeois, si j'ai été un peu dure avec vous.

Je la regarde avec ses cheveux de braise. Elle reprend, mais cette fois en me parlant comme une mère à sa fille :

— Monsieur Bourgeois m'a dit que vous avez l'âge de sa fille aînée. J'ai vu votre âge dans le dossier de mariage. Est-ce que vous vous entendez avec la plus jeune de ses filles ? Et avec son fils ? Comment se comporte-t-il avec vous, madame ?

Enfin la question que j'avais souhaité qu'elle pose ! Je n'ose cependant pas lui répondre par peur de ce qu'elle me dira. Par exemple : « Pourquoi l'avez-vous épousé ? »

— Madame, vous pouvez tout me dire, insiste-t-elle.

De nouveau, je n'arrive pas à contenir mes larmes. Pascal me saisit la main, il essaie à sa manière de me consoler. Le regard perçant de cette dame me terrifie... Puis je me souviens de ce qu'Opah me disait : « N'aie pas peur de l'étranger, c'est peut-être lui qui te sortira, un jour, des situations difficiles. » Opah avait-il raison de dire ça ? Cette madame Renard m'accuse-t-elle de quelque chose que je n'ai pas fait, ou joue-t-elle le rôle d'un enquêteur ? Faut-il avoir confiance en elle ? Je me perds dans mes pensées... Au bout d'un moment, madame Renard me demande :

— Madame ! Combien monsieur Bourgeois vous donne-t-il tous les mois pour votre argent de poche ?

Ah ! La force qui m'avait quittée et avait laissé place à la peur me revient soudain. Mais n'est-ce pas un piège ? Je suis inquiète... Cependant il s'agit d'argent et je réponds avec courage :

— Cinquante francs belges.

— Cinquante francs belges ! s'offusque-t-elle avec les yeux grands ouverts.

Pascal, gêné, tente de se justifier :

— Vous savez, madame Renard, elle vient à peine d'arriver et elle ne connaît pas encore notre monnaie. Il faut qu'elle s'habitue à son nouveau milieu.

— Et combien donnez-vous à votre plus jeune fille, monsieur Bourgeois ?

— Quatre mille francs belges. Chacun reçoit cette somme.

— Vous donnez quatre mille francs belges tous les mois à chacun de vos enfants, et votre épouse, quant à elle, reçoit cinquante francs belges. Monsieur Bourgeois, est-ce que vous vous êtes une fois posé la question des conséquences si votre épouse avait découvert cela ?

— Non, madame Renard. En fait, ce sont mes enfants qui en ont décidé ainsi. Ce sont eux qui m'ont dit qu'elle n'avait pas besoin d'argent, qu'elle avait déjà tout à sa disposition. Elle peut manger à sa faim, et c'est vrai parce que tous les jours je remplis le frigo lorsqu'elle est à l'école. Elle ne manque de rien.

— Et vos enfants, pourquoi ont-ils besoin d'argent ? Ne se servent-ils pas dans le même frigo ? N'ont-ils pas tout à leur disposition ? Ne mangent-ils pas à leur faim ?

— Si, madame Renard.

— Alors pourquoi devraient-ils avoir une si forte somme alors que votre épouse ne reçoit rien ?

Mon Dieu ! Je commence à aimer cette dame que je viens à peine de connaître. Elle me défend... Mais elle aurait dû commencer par là : je lui aurais dit tout ce que je vivais au quotidien. Je me rends compte que cela ne fait que commencer. Je remarque aussi qu'au fur à mesure que nous parlons, elle note tout dans son classeur. J'apprendrai plus tard que tout le dossier de Pascal se trouvait dans celui-ci. Tous ses faits et gestes devaient être consignés, y compris les agissements des enfants. Cependant, la séance devient interminable pour moi parce que j'ai envie de raconter les agissements des enfants de Pascal à la maison. Or elle ne me donne plus la parole, elle laisse Pascal expliquer ce qui ne va pas à la maison. Évidemment, ce peureux de Pascal ne mentionne pas ce que je vis avec son fils Christophe. Par exemple, l'autre jour, quand je suis rentrée de l'école toute fatiguée, il m'a crié dessus comme un chien pourri dès que j'ai ouvert la porte d'entrée. Je me suis sentie humiliée, j'avais peur d'entrer dans le salon, la seule place dans toute la maison. Puis il m'a poussée violemment et m'a ordonné de lui céder la place car il avait rendez-vous avec un ami. Quand Pascal est arrivé, je lui ai fait part de cet incident, mais il n'a rien fait. Tout ce qu'il a dit c'est :

— Tu verras, il changera un jour. Pour l'instant, prends ton mal en patience. Ce sont des enfants qui ont vécu seul sans leur mère.

J'ai objecté :

— Mais ils ont mon âge !

— Je sais, mais sois patiente. Les choses rentreront dans l'ordre, et crois-moi en mieux.

Je n'ai pas pu raconter cela à madame Renard. Mais elle me tend une carte puis me dit :

— Si vous avez le moindre problème avec les enfants ou avec monsieur Bourgeois, appelez-moi à ce numéro. En cas d'extrême urgence, vous pouvez venir dans mon bureau sans rendez-vous.

Quoi qu'il en soit, notre rencontre a abouti sur le fait que Pascal devra maintenant me donner quatre mille francs belges, comme à ses enfants.

VI

Les sanglots quotidiens

Quelques jours se sont écoulés depuis notre rencontre avec l'assistante sociale d'Anderlecht. Je fais ce que Pascal me dit, j'essaie de me rendre la plus discrète possible pour ne pas réveiller le courroux de son fils Christophe, surtout quand il dort avec nous dans le salon. Sa petite sœur, Linda, part souvent chez ses copines où elle passe les nuits, et je ne la vois que le lendemain après l'école. Et lorsque l'envie lui prend de venir à la maison, elle me toise avec dédain, ne me parle pas, attrape quelques vêtements et ressort, laissant au passage un tas d'ordures et de saletés dans le salon. Je les ramasse sans rien dire car Pascal me dit chaque fois : « Tu verras, elle changera. » Je fais des efforts pour rendre l'atmosphère la plus paisible possible mais cela ne change guère l'attitude insolente de Linda. Ses vêtements sont pêle-mêle dans le salon, les assiettes et les couverts dont elle s'est servie la veille s'entassent sur la table, la crasse s'installe partout dans le salon. Lorsque je cuisine, elle refuse de manger mes plats sous prétexte que je vais l'empoisonner. Elle apporte des repas qu'elle a pris chez sa sœur Pascaline, ou elle mange chez ses copines. Son frère Christophe en fait autant.

Pascaline n'habite pas avec nous. Elle vit avec un jeune Zaïrois, dans la commune d'Ixelles. Quelques jours après mon arrivée, Pascal m'avait emmenée chez elle pour que je fasse connaissance avec celui-ci. Gaston, puisqu'il se prénomme ainsi, avait été stupéfait de me voir parce qu'il pensait avoir affaire à l'une de ces grosses belles-mères imposantes. Il ne découvre qu'une petite fille frêle et squelettique qui est loin de valoir le poids lourd de sa petite amie Pascaline. Je me suis liée d'amitié avec lui parce qu'il pense comme moi et que nous voyons les choses de la même manière. Il a encore le respect que nos parents nous ont enseigné, le respect des aînés et surtout des us et coutumes de l'Afrique.

Alors quand je me trouve seule à la maison et je n'ai personne à qui parler, je vais chez Pascaline et Gaston. Là-bas, je me sens comme dans mon pays parce que les Zaïrois se donnent tous rendez-vous chez Pascaline pour raconter leurs misères de la journée, ce qu'ils subissent au travail, les humiliations de leurs employeurs.

Avide d'en savoir davantage, je les interroge :

— Waouh ! vous arrivez à combiner les études et le travail ?

C'est un étudiant en médecine, habituellement moins bavard que les autres, qui me répond :

— Oh oui ! Nous n'avons pas le choix si nous voulons subvenir à nos besoins quotidiens. C'est vrai que c'est parfois stressant, mais que peut-on faire ? Nos parents en Afrique comptent sur nous.

Ah ! les parents en Afrique, je les avais oubliés... Toujours dans le sillage des enfants ! Ces étudiants se plaisent à raconter toutes leurs histoires avec tant d'enthousiasme ! Je les regarde, un peu perplexe. Leur courage et leur joie se lisent sur leurs visages de guerriers. Mais je suis loin de les envier, je suis plutôt triste de savoir qu'ils travaillent en plus de leurs études pour toute une famille laissée dans leur pays.

Ma curiosité me pousse à interroger un étudiant en informatique. Celui-ci me dit que toute sa famille, sa grand-tante, ses cousins, sa grand-mère et même ses voisins ont cotisé pour qu'il vienne continuer sa formation à Bruxelles. Il doit tous les rembourser. Oh que c'est pénible d'entendre cela ! C'est pour cette raison qu'il cumule à lui seul trois boulots : entre deux cours, il va nettoyer la maison d'une vieille dame retraitée, puis l'après-midi surveiller l'enfant handicapé d'un couple dans un quartier huppé de Bruxelles, et enfin il est gardien d'une boîte de nuit de la commune où il réside.

Je m'exclame :

— Wouah ! tous ces boulots pour rembourser tes dettes ! Et tu réussiras à finir tes études ?

— Je n'ai pas le choix puisque je dois rembourser l'argent des personnes qui ont participé à ma venue en Europe, me répond-il.

Il a les yeux cernés et l'air fatigué. Je poursuis :

— Pourquoi tu ne finis pas tes études, puis tu travailles ? C'est plus facile de les rembourser par après, non ?

Quelqu'un dans le fond du salon me réplique :

— Ah ! si c'était aussi facile que ça… Nos parents nous écrivent chaque jour que Dieu fait, nous recevons du courrier où chacun raconte ses histoires et dans chaque lettre tu peux même lire qu'un tel ou un tel est malade, qu'il a besoin d'un traitement en urgence à l'hôpital… Face à tout ça, tu ne peux pas être indifférent.

Oh mon Dieu ! Faut-il admirer ces étudiants africains qui viennent étudier en Europe ? Cependant, je suis contente de les entendre parler de leur quotidien : il y a ceux qui balaient des rues, des vigiles de supermarchés, de centres commerciaux, ceux qui assurent la sécurité à l'entrée des boîtes de nuit… Tous parlent de ce qu'ils vivent avec leurs patrons.

Deux étudiants en médecine qui ont obtenu une bourse d'études, me demandent :

— Et toi ? Es-tu aussi là pour les mêmes raisons ?

Je n'ai pas pu répondre, mais au fond de moi je pense que nous vivons tous les mêmes humiliations. Seulement les miennes, ce sont les enfants de mon époux qui me les infligent au quotidien. Ces étudiants-là doivent faire des boulots de nettoyage dans les supérettes pour pouvoir payer leur loyer parce que l'État de leur pays ne leur octroie pas suffisamment de bourses pour s'en sortir. Certains racontent leurs souffrances, leurs déboires, d'autres soulagent leur conscience parce qu'ils ont volé de l'argent pour venir en Europe atteindre leurs objectifs. Oui, la conscience c'est se donner une raison. Je compatis, mais je n'ose pas dire que ma souffrance à moi ne vient pas du fait que je dois payer mon loyer et mes études, mais du fait que Linda me rend la vie impossible. Je ne dis pas un mot de ce que je vis au quotidien dans ma maison en tant femme mariée ; je les écoute, et lorsqu'il est l'heure de rentrer chez moi, Gaston et ses amis m'accompagnent à la première station de métro. Quand je ne vois pas Linda à la maison, je me dis : « Tiens, elle est chez une de ses copines ! » Mais ce que je trouve à la maison, c'est le ménage à faire.

Un après-midi, Linda rentre de l'école avec l'une de ses copines. Elle me lance, avec son arrogance habituelle :

— Ma copine va dormir à la maison sur le canapé-lit !

Je résiste en lui disant que c'est là que je dors et que son père l'a acheté pour lui et moi.

— Papa est encore à la clinique. Quand il sortira, alors le canapé-lit te reviendra. Pour l'instant, tu dors par terre sur la moquette ! m'envoie-t-elle en pleine figure.

Devant sa copine qui observe la scène avec inquiétude, je réplique :

— Il est hors de question que je dorme par terre !

— Je te dis que ma copine dormira sur ce canapé-lit !

Puis elle claque la porte d'entrée derrière elle. C'est son dernier mot, et je dois me soumettre.

Quelques instants après, la voilà qui revient avec Christophe.

— Ma petite sœur a dit qu'elle dormira dans le canapé-lit ! déclare-t-il en pointant son doigt sur mon front. J'espère que c'est rentré dans ta petite cervelle de moineau !

Je ne dis pas un mot du reste de la journée. J'attends que Pascal réapparaisse pour lui raconter le comportement de ses enfants. Oh mon Dieu ! Il le sait, mais il ne peut rien y faire, me dit-il. Que dois-je faire ? Subir, oui, subir ! Et c'est ce que je fais : je laisse la place à Bibiane, la copine de Linda, pour qu'elle y passe la nuit avec elle. Toute la nuit, je n'arrête pas de pleurer sous ma couverture. Faut-il que j'appelle mon Dieu ? Je ne sais pas. C'est dans cette atmosphère maléfique que je vis au quotidien. Et comme Pascal ne peut pas raisonner ses enfants, il me conseille de leur offrir des petits cadeaux pour gagner leur affection. Opah disait qu'on ne peut pas monnayer l'amour, l'amour monnayé reste éphémère. Il faut plutôt laisser l'amour venir vers soi, parce que quand il vient vers soi, il reste pour toujours.

C'est ainsi que sur l'insistance de Pascal je pars faire des courses. J'achète des petites boîtes de chocolats pour les leur offrir et avoir un semblant de paix à la maison. Malheureusement, mes cadeaux restent sur la table du salon sans que quelqu'un les prenne. Me voilà, une fois encore, humiliée.

Je me ressaisis et je prends le métro pour Ixelles, chez Pascaline, le seul endroit où je peux entendre les souffrances de mes semblables : le cercle des copains de Gaston et de Pascaline.

VII

Le gâteau d'anniversaire

Opah me disait qu'il faut prendre les événements tels qu'ils se présentent. Cependant, je reste de plus en plus seule à la maison. Octobre est pour moi un mois froid étant donné que je ne suis pas habituée à la fraîcheur. Je commence donc à porter un manteau. Pourtant le temps reste doux, alors qu'en sera-t-il quand l'hiver se fera sentir ? Je devrai superposer deux manteaux, comme le font les Africains qui viennent en Europe. En tout cas, jusque-là, je n'ai encore senti de glacial. Je veux dire que je n'ai jamais vécu d'hiver et je ne sais pas comment ça sera. En attendant, je regarde la télévision quand je n'ai personne à qui parler.

Après notre visite chez la dame rousse qui m'a donné sa carte de visite en me disant de l'appeler s'il se passait quelque chose d'anormal à la maison, je reprends mon quotidien : aller à l'école, je cours après le train de huit heures à la gare du Midi. Les passagers se bousculent. Certains prennent le train pour se rendre à l'extérieur de Bruxelles, d'autres arrivent et descendent à la gare du Midi. Cette foule est impressionnante, je n'ai jamais vu ça dans mon pays ! Mais ici les Européens suivent la cadence de l'heure. Les uns la défient, d'autres font la course contre la montre. Oh mon Dieu ! Je me retrouve dans un monde de fou où personne ne fait attention aux autres. Tous s'en foutent sans se soucier du voisin, on court chercher son casse-croûte ! En mon for intérieur, je pense qu'ils n'ont qu'une chose dans la tête : ne pas rater son train, travailler, travailler et travailler. Opah me dirait : « Ma fille, les personnes qui travaillent et passent toute leur vie à ça sont les esclaves moderne. Et ce comportement d'esclave fait que tous ces gens-là ne regardent que leur petite personne. Ils sont égocentriques, tout simplement parce qu'ils ne comprennent pas le sens de leur vie ni pourquoi ils sont là, sur cette belle terre que notre Créateur nous a léguée à tous. » Pourtant ils peuvent bien profiter de ce que le Créateur leur a donné ? Ils ne voient pas que les belles choses sont partout ? Voici ce que serait la réponse d'Opah : « En t'approchant d'eux, tu pourras le leur donner, cet amour pour le prochain, ton Créateur te remerciera. » Très bien, mais comment ? En attendant, c'est moi qui en ai le plus besoin. Puis j'évite de penser à toutes ces choses. Ces personnes-là vont chercher leur pitance. Mais pourquoi être si pressé ? Ça se bouscule, ça s'excuse presque toutes les minutes, ça court entre deux quais. Et je viens de rentrer dans ce monde, un monde où les trains à grande vitesse n'ont rien à envier à l'être humain en matière de sprint.

Ce matin d'octobre, il fait un froid doux et supportable. Je m'apprête pour partir pour l'école en déambulant dans le salon. Si je lambine trop, le train ne m'attendra pas et je risque de le rater. Mais aujourd'hui, si je le rate, ce ne sera pas de ma faute…

Une angoisse soudaine m'envahit. Que présage cette journée qui vient à peine de commencer ? Je ne tarde pas à le savoir. La carte de la dame rousse est tombée de mon sac. Je la ramasse, je regarde ce qui est inscrit puis je la remets à sa place. Je me rappelle qu'elle m'a dit de l'appeler en cas de besoin. Je regarde par la fenêtre, il est sept heures du matin. Je traîne encore un peu dans le salon, quand tout à coup j'entends des gémissements de douleur sous une couverture du canapé-lit. C'est Christophe, il a l'air mal en point. Je m'approche. Ah ! cette fameuse journée d'octobre, elle allait être mouvementée… Je demande à Christophe :

— Qu'est-ce qui ne va pas ?

Il ne me répond pas. Couché dans le canapé-lit, il me regarde avec des yeux accusateurs. Ce regard effroyable m'envahit et me fait froid dans le dos. Je m'éloigne. Ce que je craignais ne va pas tarder à venir. Il se lève et me pousse violemment.

— Que me veux-tu ? me lance-t-il.

Je murmure :

— Je voulais seulement t'aider...

— Fous le camp, putain ! Je n'ai pas besoin de ton aide ! hurle-t-il.

Après m'avoir traitée de tous les noms d'oiseaux, il revient à la charge en me coinçant entre le mur et la table du salon. Je sens ses deux mains agripper mon cou et m'étrangler. J'arrive à peine à respirer, mes yeux implorent sa pitié...

— Ne t'occupe plus jamais de mes affaires ! C'est clair ? vocifère-t-il comme un enragé.

Puis il me lâche en me cognant le visage. Au bord des larmes, je hoche la tête en signe d'approbation. Apeurée, je reste contre le mur où il m'a coincée. Tout mon corps tremble. Je ne pense même plus à l'école. Comment prendre le chemin de l'école quand on vit dans l'angoisse incessante de s'entendre crier dessus, d'être humiliée, maltraitée, presque tous les jours.

Une heure plus tard, Christophe qui se tordait de douleur au point d'en mourir se remet sur pied comme par enchantement. Et il part sans me jeter un regard. Était-ce une ruse pour me chercher des noises ? Avait-il vraiment mal ? Ou voulait-il m'empêcher d'aller à l'école ? Je me souviens que Pascal m'avait dit que ses enfants s'étaient opposés à mon inscription à l'école et leur cinéma avait commencé. Je réfléchis : non, c'est peut-être moi qui me fais des idées. En effet, depuis que j'ai commencé les cours à l'Athénée de Waterloo, je ne sais combien de fois j'étais présente en cours. Eh oui, on peut compter mes jours de présence alors que mes professeurs ne savent pas ce que je vis au quotidien à la maison. Cela dit, je ne parle pas trop non plus à cause de ma timidité et de la peur incessante de recevoir des brimades. Et puis je ne sais pas si à l'école on peut comprendre mes souffrances. Je crains aussi les réponses négatives comme : « Nous ne sommes pas capables de vous aider, madame. Il y a des assistantes sociales qui sont formées dans ce domaine. » Opah disait : « Ma fille, quand tu ne trouves pas de réponse à tes problèmes, regarde vers le ciel et le ciel trouvera la solution à tes problèmes. » Alors je regarde vers le ciel, vers celui qui m'a créée.

L'heure n'est plus aux réflexions, mais aux solutions urgentes vu ce qui vient de m'arriver. À cet instant, je me souviens de cette dame rousse qui m'avait engagée à l'appeler en cas de besoin. Tétanisée par la peur, je rampe doucement sur le tapis tel un serpent en détresse vers le téléphone qui se trouve à l'extrémité du salon, à côté de la télévision. J'arrive à peine à le tenir entre les mains, je compose difficilement le numéro de la dame. J'entends : « Ce numéro n'est pas attribué. » Je recompose le numéro, précédé cette fois du zéro que j'avais oublié. Une voix retentit… enfin !

— Madame Renard à l'appareil, je vous écoute.

Oh mon Dieu ! J'ai la dame rousse au bout du fil... Je n'arrive pas à placer un mot, je fonds en larmes.

— Qui est à l'appareil ? me demande la dame.

Mes larmes ne cessent de couler et mes paroles sont entrecoupées. Finalement, la dame décide de me faire venir à son bureau. J'enfile difficilement mes chaussures et je sors de la maison perdue, telle une malade atteinte d'Alzheimer. C'est le regard dans le vide et titubant sur mes jambes que j'arrive devant le bureau de la dame rousse. Il est dix heures trente, j'étais censée prendre mon train pour Waterloo à huit heures. Au lieu de ça, je me retrouve dans un bureau d'assistante sociale.

— Entrez madame, me dit la dame rousse. Vous savez, j'ai tout de suite compris que l'appel venait de la famille Bourgeois.

Je ne peux lui parler tellement ma tête est vide, j'ai du mal à formuler une phrase, je fonds en sanglots. Elle sort et revient quelques minutes plus tard, une tasse de thé à la main qu'elle me tend. Mes mains tremblent. Elle s'en aperçoit et pose la tasse devant moi. Puis elle s'assoit à mes côtés et me laisse un peu de répit, le temps de reprendre mes esprits...

— Madame, vous devriez être en cours ce matin. Qu'est-ce qui s'est passé ? me demande-t-elle.

Mon regard est éteint, j'essaie à ma façon de composer une phrase. Je finis par répondre :

— Je n'ai pas pu.

— Vous avez raté le train de huit heures, mais vous pouvez aussi prendre le prochain train.

Oh ! qu'est-ce que cette dame me veut pourquoi ne me demande-t-elle pas pourquoi je suis là ? Et pourquoi je pleure ? Le fait qu'elle tourne en rond commence à me taper sur les nerfs qui sont déjà en mauvais état…

— Les professeurs sont-ils malades ? poursuit-elle.

Cette fois, c'en est trop ! Je me lève brusquement et je prends la direction de la porte. Que me veut-elle ? Si elle m'a demandé de venir pour savoir pourquoi je ne suis pas à l'école, il vaut mieux que j'aille m'asseoir dans le parc Astrid où je converse avec les chiens des passants qui s'approchent de mon banc. Eux, ils ne me parlent pas, mais ils comprennent ma douleur, ma souffrance, parce qu'ils me regardent avec des yeux tristes. Je reviens soudain sur mes pas parce que j'ai oublié mon manteau. La dame rousse me regarde et ses yeux semblent me dire : « Je suis là, et lorsque tu te décideras tu me diras ce que tu as sur le cœur. » Oh mon Dieu ! Pourquoi me torture-t-elle ?

— N'oubliez pas de boire votre thé madame, il va refroidir, me dit-elle.

Puis elle rajoute :

— Cela ne sert à rien de vous mettre dans cet état. Tout problème a une solution. Vous comprenez madame ? Je comprends ce que vous vivez. Cependant, ensemble, nous pouvons arriver à une solution, si nous travaillons à deux bien sûr, n'est-ce-pas ?

Puis elle se lève de la chaise à côté de moi et va s'asseoir derrière son bureau. Elle ouvre le dossier de Pascal. Je tends le cou, je peux à peine lire que mon nom est aussi inscrit aux côtés de celui Pascal.

Oh mon Dieu ! Je suis fichée ! Mais je ne suis pas une criminelle, qu'est-ce que mon nom fait dans le dossier de Pascal ? Je me rassieds sur la chaise sans qu'elle m'y invite. Elle continue à parler :

— Racontez-moi ce qui se passe dans votre foyer et pourquoi vous êtes là ce matin, dans mon bureau.

Enfin ! Je peux lui raconter ce qu'il se passe ! Elle prend un stylo-bille et se met à écrire tout ce que je lui relate. Mon récit, toujours entrecoupé par les sanglots, dure une heure. Elle m'écoute attentivement. Puis elle m'interrompt :

— Madame, je connais les enfants de votre époux : ils n'ont pas grandi auprès de leurs parents. Il faut les comprendre. Leur turbulence vient du fait qu'ils ont grandi sans une mère à la maison. Ils ont toujours tout fait tout seuls. C'est de là que vient leur insolence, et leurs agissements sont peut-être incompris.

— Mais j'essaie de faire de mon mieux pour que l'harmonie règne dans la maison !

— Et comment vous vous y prenez ?

Je réponds en pleurant :

— Quand je vais faire les courses, j'achète des petites boîtes de friandises pour les leur donner, mais quand je les leur tends, ils prennent les friandises pour me les lancer à la figure avec des mots injurieux et des phrases blessantes. « Connasse, je ne veux pas de ton fumier ! » m'a dit Christophe la dernière fois que je lui ai offert une boîte de chocolats qui m'avait d'ailleurs coûté le prix de trois petits-déjeuners. Et il me l'a aussi jetée à la figure.

Elle me regarde attentivement, puis me tend un mouchoir en papier. J'essuie fébrilement mon visage.

— Leur comportement et leur arrogance sont en partie dus au fait que vous êtes encore inconnue pour eux. Pourquoi vous ne prenez-vous pas le temps de les connaître ? Depuis que vous êtes là, vous n'avez pas encore rencontré une personne de votre communauté chez qui vous pouvez passer le temps ?

Pourquoi me renvoie-t-elle à ma communauté ? Comment peut-elle me demander de passer le temps dans ma communauté ? Je ne suis pas venue pour ça, mais pour mon époux. Je ne comprends pas cette question, j'hésite à lui répondre. Cependant, comme elle insiste, je murmure :

— Je vais parfois chez sa fille aînée. Elle habite du côté de la commune d'Ixelles.

— Comment se comporte-t-elle avec vous madame ? Comme les deux autres ?

— Non.

— Alors pourquoi n'allez-vous pas plus souvent chez elle ?

— C'est ce que je fais. Après l'école, je me rends directement chez elle et Pascal me rejoint quand il sort de la clinique. Nous passons le reste de la journée là-bas. Le soir, je le raccompagne à la clinique.

— Vous faites cela pour fuir l'atmosphère qui règne chez vous ?

Je hoche la tête pour confirmer.

— Et votre époux vous soutient-il dans cette démarche ?

— Oui.

Toutes ces questions m'épuisent. Pourquoi ne me parle-t-elle pas du problème pour lequel je suis là ? Je commence à m'agacer, je pense même partir quand elle me lance soudain à la figure :

— Votre époux m'a appelée l'autre jour : il a l'intention de faire une demande de sortie définitive de la clinique. Si vous ne faites pas un effort, sa demande de sortie lui sera refusée !

Ah, la dame rousse voudrait que je coopère en me faisant humilier, violenter pour la liberté de Pascal ! Je suis devenue maintenant le joker de Pascal, la carte qu'il faut jouer pour atteindre son but... Néanmoins, cette nouvelle me donne une lueur d'espoir et mon visage s'illumine. Puis, tout à coup, mon enthousiasme s'estompe comme une bougie qu'on éteint et qui ne laisse qu'une odeur de cire fumante. Je ne pense pas que la sortie de Pascal pourra me protéger de l'agressivité de ses enfants.

— Cette nouvelle ne vous réjouit pas, madame ?

— Si…

— Pourquoi cette mine ?

— Tout va bien, madame. Alors vous allez l'annoncer aux enfants de Pascal ?

— Non, c'est à Pascal de le faire parce que je ne sais pas comment les enfants réagiront. Madame, c'est peut-être l'occasion d'apaiser l'atmosphère malsaine qui règne entre vous et les enfants, ajoute-t-elle.

Quelques heures plus tard, je rentre à la maison. Sur le chemin du retour, je rencontre Pascal. Il vient de faire les courses au supermarché du coin. Chargé comme un mulet, il marche avec difficulté et s'arrête fréquemment.

— Tu n'as pas été à l'école ? me demande-t-il étonné.

— J'étais chez la dame rousse.

— Chez madame Renard ? dit-il les yeux écarquillés.

— Christophe n'a pas été gentil ce matin avec moi.

Chemin faisant, je lui raconte tout l'incident.

— Et Christophe ? Est-il à la maison ?

— Je ne sais pas.

— Très bien, nous le saurons si tu ouvres la porte.

La porte à peine ouverte, nous entendons une voix hargneuse provenant du salon :

— Putain ! Encore ces deux guignols !

— Toi non plus, tu n'as pas été à l'école ? lui demande son père.

— Bien sûr que j'y étais. Je viens à peine de rentrer, réplique Christophe avec arrogance.

À ma grande surprise, il n'évoque pas l'incident.

— J'ai fait une demande de sortie définitive de la clinique ! lance-t-il à son fils avec enthousiasme.

— Qu'est-ce que cela peut me faire ! beugle Christophe.

— On pourra de nouveau être réunis comme une vraie famille, réponds Pascal joyeusement.

— Je ne ferai pas partie de cette famille dont tu rêves ! réplique Christophe.

Je me cache derrière Pascal pour éviter que son fils ne retourne son courroux contre moi. Je file dans la cuisine avec les courses et je les range dans le réfrigérateur. Puis je me blottis derrière la porte de peur qu'il ne s'adresse à moi. Oh mon Dieu ! Comment as-tu pu me laisser venir dans un endroit qui n'est pas le mien pour me faire maltraiter comme un chien pourri ? Quand je me ressaisis, je rejoins Pascal au salon. Enfin ! Son fils a quitté la maison sans m'adresser la parole. Pascal me dit :

— Il vient de sortir, il m'a dit qu'il allait chez son grand-père.

Je ne réponds pas parce que Pascal ne lui a pas demandé pourquoi il avait agi méchamment envers moi. Et quand je vois que ses yeux étincellent de joie à l'idée de sortir de la clinique, je rétorque :

— Et si on parlait de moi ?

Et c'est à ce moment-là que Pascal déclare :

— Tu vois, c'est bientôt l'anniversaire de Linda. Si tu lui faisais un bon gâteau d'anniversaire ? L'atmosphère s'améliorerait dans la maison, qu'en penses-tu ?

Je réponds :

— Tu as raison.

Je trouve que faire un gâteau d'anniversaire est une bonne idée : c'est sans doute la meilleure façon de me faire accepter parce que la dame rousse m'a dit que je leur suis inconnue. C'est donc à moi de faire preuve d'imagination. Pourtant, depuis mon arrivée, j'ai fait tout ce qui était en mon pouvoir pour leur dire que je les aime comme j'aime mes frères et sœurs. Je fais de mon mieux en rangeant tout le désordre qu'ils laissent dans la maison. S'il faut plier l'échine pour éviter l'humiliation et les insultes qui sont devenues mon lot quotidien, alors je le ferai.

Le soir venu, je ne dors pas, je réfléchis au genre de gâteau que je confectionnerai. Dans mon pays, je ne me suis jamais essayée à la pâtisserie. Dans la ville où j'ai grandi, la seule boulangerie, qui appartenait à un Français, faisait des gâteaux d'anniversaire et de mariage sur commande. Je passais devant sa vitrine pour voir toutes les pâtisseries exposées comme des mannequins de vêtements. Je rêvais d'en goûter, mais jamais je n'ai eu la grâce d'en avoir un sur ma table. La seule fois où j'ai pu manger un gâteau, c'étaient les petites madeleines que l'une de mes sœurs jumelles avait apportées de chez une copine qui habitait la grande ville. Là-bas, il paraît qu'on peut en avoir autant qu'on veut. Ils sont déjà prêts et sont exposés dans les vitrines de plusieurs boulangeries. Je ne pensais pas un jour avoir besoin d'en faire un moi-même...

Toute la nuit, je pense à ce gâteau que je pourrais faire pour Linda. Pascal, qui a eu cette idée, est reparti à la clinique. Et lui, il est juste content de sa demande de sortie... Je ne pense pas que je lui demanderai de m'aider à faire le gâteau. Nous sommes à quelques jours de l'anniversaire de Linda.

Le lendemain, dans le petit froid matinal, je file à la librairie du coin avec les pièces de cinquante francs belges que j'ai économisées pour m'acheter un livre sur la pâtisserie. J'entre, il y a déjà deux hommes devant moi : l'un achète une cartouche de cigarettes, l'autre des périodiques sur les célébrités. J'attends mon tour lorsque le libraire au comptoir s'adresse à moi :

— Je peux vous aider, madame ?

— Je voudrais un livre sur la pâtisserie.

— Juste à votre droite sur l'étagère, madame.

Je me tourne vers la droite et je saisis un livre que je feuillette aussitôt. Je vois de belles photos de gâteaux grandioses qui paraissent si savoureux que j'en ai le souffle coupé. J'ai tellement envie de savoir comment les faire que je commence à consulter les recettes dans la librairie. Je tombe soudain sur la photo d'un grand gâteau au chocolat enrobé de chantilly. Je lis attentivement la recette, d'autant que Pascal m'a dit que sa fille raffole du chocolat. C'est donc pour moi une occasion de montrer mon savoir-faire et lui signifier que je voudrais vivre en paix et en harmonie avec elle.

— Je prends ce livre, dis-je au libraire.

— Quatre cent cinquante francs, me répond-il.

Je lui tends la somme demandée. En chemin, je regarde les photos des gâteaux : celui au chocolat me paraît plus facile à faire que les autres dans ce livre qui m'a l'air compliqué. Arrivée à la maison, je suis contente de ma petite trouvaille, et j'attends Pascal pour la lui montrer.

Ce samedi matin d'octobre, c'est le jour de faire le gâteau d'anniversaire. Enthousiaste, Pascal m'avait promis de m'aider, et il a tenu sa promesse. Ce matin-là, il arrive plus tôt que d'habitude. Nous allons au supermarché du coin et achetons tous les ingrédients pour confectionner ce fameux gâteau au chocolat.

Ce jour-là, la maison est vide. Linda est chez sa sœur, la fille aînée de Pascal ; quant à Christophe, il est chez son grand-père. Mais Pascal leur a dit deux jours auparavant que je ferai un gâteau d'anniversaire pour Linda. Comme c'était son idée, il avait divulgué la nouvelle avant l'heure. Dans mon excitation, avec tous mes ingrédients sous la main, je commence à m'impatienter. La veille, je n'ai pas dormi, j'ai lu et relu la recette à tel point que je la connais par cœur.

Linda qui n'a pas passé la nuit à la maison rentre. Contente de la voir, je crie depuis la cuisine : « Joyeux anniversaire ma puce ! » Elle ne me répond pas, ne me sourit pas. En somme, je ne reçois rien en retour... En revanche, son père se précipite dans la cuisine.

— Tu verras, elle sera là pour son anniversaire et ton gâteau sera dégusté en famille, me rassure-t-il de nouveau en déballant et cassant les tablettes de chocolat pour les faire fondre.

Pendant que je parle à Pascal, Linda range quelques affaires, puis elle sort sans rien nous dire. Pascal lui court après.

— N'oublie pas de rentrer pour ton anniversaire ! lui lance-t-il.

Tout ce que nous avons entendu, c'est le claquement de la porte.

— Ne t'inquiète pas, elle reviendra, dit Pascal dans un murmure apaisant.

Bientôt quatorze heures, l'heure que nous avons choisie pour célébrer l'anniversaire de Linda. Pascal et moi avons fini de faire le gâteau, et toujours pas de Linda à l'horizon. Pendant ce temps, je dresse une belle table en son honneur, j'orne la maison avec des ballons de différentes couleurs, je dispose des confettis un peu partout, j'accroche une guirlande devant la porte sur lequel est inscrit « Joyeux anniversaire ! ». Puis je décore le gâteau en apportant ma touche personnelle : des bougies de toutes les couleurs et le nombre d'années qu'elle fête. La table est si belle que je la regarde avec admiration en imaginant l'enthousiasme de Linda lorsqu'elle arrivera.

Il est seize heures, Linda n'a toujours pas pointé son nez. Le temps devient long, et l'inquiétude prend le dessus. Pascal décide alors de partir à sa recherche. Peut-être se trouve-t-elle chez sa sœur Pascaline à Ixelles ? Ou a-t-elle oublié de venir ? Elle a sans doute eu un contretemps, une raison quelconque ou même un empêchement…

— Attends-moi, je reviens, me dit Pascal. Je vais voir du côté d'Ixelles.

Je reste seule à la maison à attendre, assise à table devant le gâteau au chocolat. Je regarde toutes ces babioles autour de moi, le temps me semble interminable. Lorsque je regarde l'heure sur la pendule accrochée au mur au-dessus de la télévision, je vois qu'il est vingt heures. Pascal n'est pas encore rentré. Je viens de comprendre que la fête, je vais la passer seule devant un gâteau d'anniversaire, oui, un gâteau d'anniversaire que j'ai fait avec amour et cœur et que j'aurais pu être fière d'avoir réussi : un chef-d'œuvre ! Au lieu de ça, je suis à la fois soucieuse et mélancolique. Ni Linda, ni sa sœur, ni son frère, ni même Pascal qui avait eu l'idée de le faire ne sont présents. Je suis assise tristement devant un gâteau qui n'était pas pour moi. Oh mon Dieu ! Pourquoi une telle haine envers quelqu'un qui essaie de transformer une atmosphère malsaine en une atmosphère paisible ? Je commence à ranger la table, je mets le gâteau dans le réfrigérateur, je range les décors.

Plus tard dans la nuit, je vais me coucher dans mon canapé-lit. Ce jour-là, la maison que je rêvais si conviviale, dont j'aurais senti la chaleur grâce aux initiatives de Pascal, s'est transformée en un lieu sinistre endeuillé par mes larmes. Les murs du salon sont devenus glacials, les frimas et les feuilles jaunies sont entrés dans cette maison. Je sens le vent d'automne traverser mon cœur pour le remplir de souffrance au lieu de balayer ma douleur et ma détresse. Chaque larme qui coule de mes yeux se transforme en goutte de cristal. Me voilà trahie par Pascal et ses enfants. Je me sens blessée dans mon être et mon âme a pris le coup.

Le lendemain matin, je me réveille à l'aube pour enlever les guirlandes que j'avais installées la veille devant la porte de la maison. Un passant me regarde, il doit se dire : « Ces gens-là ont dû passer une bonne soirée. Dans ce monde triste, mieux vaut s'amuser que pleurer ! » Puis il me sourit.

— C'était une belle fête ? me demande-t-il. Quel âge avez-vous eu hier ?

Je rétorque :

— L'âge d'une femme ne se dit pas !

— Vous avez bien raison, répond-il.

Il me sourit encore et continue son chemin. Ah ! si tu savais la triste vérité, tu ne m'aurais pas posé une telle question… Tu aurais peut-être dit : « Mon enfant, prends ton mal en patience ! » Et c'est ce que je fais en décollant délicatement les guirlandes pour ne pas abîmer la couleur de la porte.

De loin, je vois Pascal arriver. Il parle le premier :

— Tu sais, la fête a été belle chez Pascaline ! Linda était là, pour fêter son anniversaire chez sa sœur. Il y avait beaucoup de monde, elle avait invité toutes les copines de sa classe, et son frère est même venu avec des amis à lui !

Pascal décrit la fête avec un tel enthousiasme qu'il oublie même que nous avions fait un gâteau pour sa fille la veille. Je ne réponds pas à ce qu'il me dit, je me contente de lui demander :

— Tu n'as pas été à la clinique ?

— Non, j'ai eu une permission pour fêter l'anniversaire de ma fille. Je viens de chez Pascaline. Je suis allé me coucher vers trois heures du matin sur le canapé qu'ils avaient mis dans la chambre pour faire de la place dans le salon. J'étais fatigué, alors je les ai laissé continuer. Eux, ils ont terminé la fête au petit matin. Et toi, comment était ta soirée ?

— Très bien.

— Alors nous avons tous bien fait la fête ensemble, répond-il prudemment.

VIII

Les courriers

Les jours se sont écoulés, mais l'atmosphère ne change pas. Linda ne me parle pas, ce qui n'est pas nouveau, elle est distante, ce qui n'est pas nouveau non plus. J'essaie de me tenir loin des enfants de Pascal. Je parle le moins possible afin qu'on ne m'accuse de les provoquer. Comme me dirait mon père : « Ne parle que lorsque l'on te donne la parole, et surtout lorsque c'est nécessaire et quand cette parole t'est adressée ». Puis il ajouterait : « Comporte-toi comme le silence. » Opah, comment le silence se comporte-t-il ? « Il s'efface, tout simplement. La force du silence, c'est savoir se taire, et savoir se taire est une arme stratégique redoutable contre ton adversaire en cas de conflit. Il t'évite beaucoup de problèmes », me répondrait-il. Opah, tu as peut-être raison, mais comment pourrais-je m'effacer devant ces personnes ? La maison n'a qu'une seule pièce. Et d'ailleurs, pour une personne qui est née dans une famille nombreuse dont la maison est transformée à longueur de journée en un lieu de kermesse où chacun veut se faire entendre, ce serait difficile… Mais je ne suis pas chez Opah, alors je dois apprendre à être silencieuse. Mon Dieu ! Je dois apprendre à me taire, ou c'est la guerre. Je n'ai jamais aimé la guerre, même les disputes dans la fratrie ne m'ont jamais attirée.

Et si je me tais, les enfants de Pascal ne diront-ils pas que j'ai peur d'eux, qu'ils ont réussi à m'effacer, à me réduire au silence ? Opah, je reviens vers toi : dans mon cas précis, le silence n'est-il pas l'arme des faibles ? J'entends déjà la réponse d'Opah : « Non ma fille, le silence n'est pas du tout l'arme des faibles, c'est plutôt une preuve de sagesse. » Puis il continuerait : « Et il faut être à l'écoute. L'écoute est une grande qualité, et elle sous-entend le silence. » Ah ! tu trouves des réponses à tous les problèmes. Mais moi, je subis les bousculades du matin à l'entrée de la cuisine, les regards appuyés et méprisants, les injures qui pleuvent à longueur de journée et même la nuit, accompagnées de musique à rendre sourd un éléphant. Au diable les conseils d'Opah ! Je vais prendre mon destin à bras-le-corps ! Ne dit-on pas que si tu n'arraches pas le respect, tu deviens le paillasson ? Enfin, je crois que je viens de l'inventer parce que c'est ce que je vis : je suis le paillasson des enfants de Pascal. L'heure est à la défense.

Toutefois, je commence à m'inquiéter. Mes pensées se tournent vers mes parents, vers ma petite sœur Alicia qui me manque, vers nos jeux d'enfance. Alicia aimait bien fabriquer des poupées en bois, elle avait des doigts de fée et faisait des merveilles. Un jour, en passant devant une vitrine de la rue Wayez à Anderlecht, j'ai vu les mêmes poupées qu'Alicia fabriquait à la maison. Je suis restée longtemps à admirer ces poupées en bois, jusqu'à ce que le propriétaire du magasin me somme de partir si je ne pouvais rien acheter. J'ai filé comme un oiseau. Et mon petit frère Abou... toujours derrière Alicia celui-là, à répéter comme un perroquet tout ce qu'elle disait ! Une vraie photocopieuse ! Je n'ai pas de souvenirs des bêtises de mes autres petits frères, les jumeaux Moulaye et Alioune : je pense que ce sont les plus sages, et puis ils étaient encore tout petits quand je suis partie, ils arrivaient à peine à placer des mots dans une phrase. Quant aux jumelles, Dionne et Zionne, les chipies de la famille, on ne peut pas en dire autant sur elles ! Et ce qu'elles font à leurs heures perdues, je préfère ne pas le savoir. Puis je pense à ma grande sœur Kady. Ah ! Kady... À cause de son cœur fragile, elle n'a jamais braillé comme les autres à la maison, elle qui vit dans un silence maladif à regarder les chamailleries de la vieille Adjoua et les combats de boxe de mon neveu Léon. D'ailleurs, avec son problème de cœur, elle reste toujours à l'écart, on n'a jamais su ce qu'elle pense : la communication avec elle, c'est le silence. Cette arme redoutable qu'elle cache dans son cœur malade, comme dirait Opah. C'est toi qui dois lui poser des questions, parce qu'elle ne le fera jamais. Opah disait que crier tous les jours c'est se rendre malade et raccourcir sa vie. Moi, je veux faire comme elle : ne rien dire et regarder. Quant au reste de la famille, tout leur tintamarre me manque. Oui, tout ce beau monde me manque énormément…

Cependant, une chose m'intrigue : pourquoi ne m'écrivent-ils pas ? M'ont-ils soudainement oubliée, rejetée comme le voulait l'iman de la mosquée de N'douci ? Bernadette que j'ai tant aimée, qui était à mes côtés pour toutes les cérémonies, ne me donne pas de ses nouvelles. Oh mon Dieu ! Cela fait bientôt cinq mois que je suis sur le sol belge et je suis sans nouvelles de ma famille ! Je leur écris pourtant chaque semaine, je leur raconte ce que je vis et ce que me font subir les enfants de Pascal : mon quotidien de femme brimée, malmenée, injuriée par les enfants de mon époux, tel un fruit pourri tombé de son arbre et écrasé sous le postérieur d'un individu en manque d'ombre. Curieusement, je ne reçois aucune réponse, et penser qu'ils m'ont abandonnée me tourmente. Mais pour ne pas rajouter à mon malheur, j'essaie de rejeter cette idée de mon esprit. Et je vais prendre mon train pour l'Athénée de Waterloo.

Il y a quelques jours, dans un élan de joie, Pascal avait parlé de sa sortie de la clinique. Nous devons maintenant rencontrer les différents personnels soignants afin d'être informés sur son état de santé et savoir comment se comporter avec lui quand il sera à la maison. Il y aura plusieurs rencontres entre les médecins qui suivent son dossier, ses enfants et moi qui suis son épouse.

Le médecin traitant de Pascal a fixé les rendez-vous tous les jeudis en fin d'après-midi en raison de nos emplois du temps parce que le reste du temps nous sommes occupés par l'école et nos devoirs. Je peux faire les miens les soirs où les enfants de Pascal ne sont pas à la maison. Comme ces rencontres auront lieu à dix-huit heures, je pourrai prendre mon train à Waterloo et, avec quelques correspondances à la gare du Midi, arriver à temps à la clinique. Nous aurons aussi parfois rendez-vous le mercredi après-midi car nous n'avons pas école ce jour-là.

Les médecins qui s'occupent de Pascal, maître Wielemans qui gère les dépenses mensuelles de la maison et mademoiselle Artsvelte, seront présents. Mademoiselle Artsvelte, qui porte bien son nom tant elle est petite et toute frêle, est l'assistante sociale de Pascal à la clinique. En tout cas, lorsque je vais rendre visite à Pascal, c'est elle qui est là chaque fois. Au début, je n'avais pas compris pourquoi cette jeune dame devait assister à nos entretiens. Mais un soir, quand j'ai parlé à Pascal des agissements de ses enfants, celui-ci est sorti hors de ses gonds au point d'avoir un comportement inconvenant : il a donné un coup de poing dans la porte en hurlant que cette clinique le retenait prisonnier et que c'était pour cela qu'il ne pouvait pas donner une bonne éducation à ses enfants qui étaient livrés à eux-mêmes. Il criait même que la clinique avait volontairement fait en sorte qu'il ne puisse pas bien éduquer ses enfants. La jeune dame a été dans l'obligation de raccourcir ma visite et de le ramener dans sa chambre.

Depuis lors, elle ne nous lâche plus des yeux. Elle nous suit discrètement partout dans la clinique pour être là au moindre problème et sans doute être témoin du comportement violent de Pascal. Cette mademoiselle Artsvelte, je commence à l'aimer… Sa présence me protège aussi des injures parfois inopinées de Pascal, injures ensuite accompagnées d'excuses et de pleurs. Alors quand j'ai su qu'elle assisterait aux séances d'information, je me suis sentie un peu en sécurité.

Un jeudi soir après les cours, la première séance commence. Tout ce beau monde est présent. Nous entrons dans une salle qui semble être une salle de réunion du personnel de la clinique. Les chaises sont bien alignées autour d'une grande table ovale de couleur ébène. Des portraits de personnages qui ont révolutionné le monde de la neurologie, de la psychanalyse et de la psychologie sont accrochés au mur. Je reconnais la tête de Sigmund Freud. Je parcours la salle de mes yeux lorsque le médecin soignant de Pascal tire une des chaises et nous propose de nous asseoir :

— Veuillez vous s'asseoir, s'il vous plaît, dit-il poliment.

Nous nous exécutons. Puis, il dépose un classeur sur la table et l'ouvre.

Quand chacun s'est présenté, il s'adresse à maître Wielemans, l'administrateur provisoire de Pascal. Il lui explique pourquoi il a organisé cette réunion et pourquoi sa présence est indispensable. Il évoque ensuite le rôle de mademoiselle Artsvelte qui s'occupe du dossier de Pascal : lorsqu'elle prend sa pause dans la cour de la clinique, c'est pour évaluer son comportement parmi les autres patients. Puis son regard se pose sur moi. Oh mon Dieu, ce regard me donne la chair de poule ! Qu'est-ce qu'il va me sortir pour bien finir la soirée ? Mon cœur bat la chamade, je me sens seule dans un monde étranger... Quel vocabulaire médical va-t-il employer pour me parler ? Je retiens ma respiration et je m'efforce d'être forte. Malgré les battements de mon cœur, je reprends mon souffle et j'essaie de me concentrer sur ce qu'il va me dire, sur ce qu'il pense de moi et sur les questions qu'il ne tarde pas à me poser :

— Madame, comment vous vous sentez avec votre époux lorsqu'il rentre à la maison ? me demande le docteur Denis l'air sérieux, un carnet de notes à la main en plus du gros dossier posé devant lui.

Je le regarde et je jette juste après un coup d'œil sur Pascal dont les jambes tremblent : il a l'air de me supplier de ne pas sortir des bêtises qui pourraient le maintenir en clinique.

En essayant de maîtriser ma peur et ma faiblesse qui reprennent le dessus, je réponds avec un calme apparent :

— Tout va bien docteur.

Ses sourcils froncés me signifient qu'il pense que je ne dis pas la vérité. Je baisse les yeux. Il garde un instant le silence, puis s'adresse aux enfants de Pascal :

— Comment vous vous organisez avec votre belle-mère à la maison ?

Christophe se précipite pour répondre :

— Tout va très bien docteur, comme vient de le dire notre belle-mère.

— Cela ne vous dérange pas d'avoir une belle-mère qui a votre âge ? demande le médecin.

— Non docteur, affirme Christophe.

Le médecin se tourne vers Pascal, le regarde, quand soudain l'assistante sociale prend la parole :

— Monsieur Bourgeois, pouvez-vous nous raconter comment se passe votre journée avec votre épouse et vos enfants lorsque vous êtes avec eux ?

Pascal commence en trébuchant sur les mots :

— Lorsque j'arrive à la maison, mon épouse et mes enfants ne sont pas encore rentrés. Ils sont tous à l'école. La première chose que je fais, c'est ouvrir le frigo pour voir s'il y a de quoi manger. Quelquefois, ma fille vient avec des copines vider le peu qui s'y trouve, et pour éviter les disputes que cela provoque je vais tout de suite faire des courses pour le remplir de nouveau. Après, je vais chez mon père qui m'invite à manger chez lui parce que mon épouse se trouve encore à l'école. Vers dix-sept heures, je reviens quand tout le monde est rentré. Je reste seulement deux heures avec ma famille, conclut-il.

Pendant qu'il parle, les deux médecins, l'assistante sociale et maître Wielemans prennent des notes dans un carnet. Puis un silence s'abat, et le médecin soignant me regarde d'un air interrogateur qui semble demander : « Madame, seriez-vous heureuse si je signais la sortie de votre époux ? » Et cette question, le médecin me la pose :

— Madame, seriez-vous en sécurité si votre époux arrivait à sortir de la clinique ?

Je reste un instant silencieuse, mais le regard de Pascal m'interpelle. Je réponds d'une voix contrainte :

— Oui docteur, sa sortie permettra d'éviter des disputes incessantes qui n'ont parfois pas lieu d'être...

— Pensez-vous que sa présence garantirait votre sécurité ?

Cette fois, je hoche la tête pour confirmer.

— Que pensez-vous de la réponse de votre belle-mère ? demande l'assistante sociale en s'adressant aux enfants.

— Oui, la présence de papa nous évitera des désagréments, déclare Linda avec suffisance.

— Et vous, Christophe ? dit le médecin.

— Je suis d'accord, répond-il.

Oh mon Dieu ! Cette première séance n'a duré que deux heures, et pourtant elle me paraît interminable… Il est vingt heures et nous devons prendre le métro pour la maison. Pascal est resté à la clinique, je ne pourrai le voir que demain après l'école.

Les enfants ne m'ont même pas attendue pour que nous rentrions ensemble. Je me retrouve seule, longeant le grand boulevard de Schaerbeek. À l'arrêt de bus, je pense à cette réunion et à toutes les questions que m'ont posées ces personnes de l'hôpital. Ai-je eu raison de leur dire que tout va bien à la maison pour que Pascal sorte de la clinique ? Je ne sais pas. L'avenir me le dira. Je prends le métro pour la maison.

Les semaines suivantes les mêmes séances se suivent et les questions se ressemblent toutes, enfin presque toutes.

Un mercredi soir comme à l'accoutumée, Linda arrive avec ses copines et le salon se retrouve dans un état chaotique. Ce n'est pas nouveau, cela reste mon quotidien parce que malgré les différentes réunions au sujet de la sortie de son père, elle ne prend pas la peine de garder un semblant de propreté à la maison. Même son armoire n'est pas épargnée par ce chaos… Jusque-là, je ne faisais que le ménage dans le salon. Toutefois, je suis poussée par une envie de rangement de l'armoire où elle range ses vêtements et ses chaussures quand je vois le fouillis qui règne. Il faut que je le fasse, sans doute pour lui plaire.

Opah dirait : « Ma fille, à force de vouloir plaire à l'autre, c'est toi qui souffres à la fin. Laisse les choses se faire d'elles-mêmes. » Oh mon Dieu non, je ne veux pas m'infliger de la souffrance ! Si je m'humilie, c'est parce que les réunions sont faites pour apaiser les cœurs et prôner l'harmonie et le vivre-ensemble dans la maison. Je décide alors de ranger et de repasser tous ses vêtements en désordre. Enfin, surtout pour que mon champ de vision soit beaucoup plus clair…

À première vue, je ne sais pas par où commencer parce qu'on se croirait sur un champ de bataille. Je réfléchis à la manière de procéder parce que l'accès à l'armoire est impossible. Je parviens quand même à déblayer le passage, puis je sors les premiers vêtements que je rangerai après repassés et pliés. J'ouvre ensuite les deux tiroirs qui se trouvent sous les grandes portes de l'armoire. J'avance dans ma tâche avec énergie et enthousiasme : loin de moi l'idée qu'elle m'en tiendra rigueur, je pense joyeusement que mon initiative la rendra plus amicale, lui donnera le sourire quand elle rentrera à la maison et, pourquoi pas, installera l'harmonie que je cherche tant dans son cœur.

Je n'ai pas encore fini de sortir toutes ses affaires que je tombe avec surprise sur un grand carton dissimulé au fond de l'armoire. Je le tire, il est très lourd. Ma curiosité me pousse à l'ouvrir. Et là, je manque d'avoir une attaque cardiaque… Il est rempli de lettres qui me sont adressée ! Je les sors et les ouvre, une par une. Il y en a qui datent d'il y a quatre mois. Je tombe sur mes fesses. Oh mon Dieu ! Faut-il que je hurle de douleur, que je m'arrache les cheveux, que je me griffe tout le corps pour montrer mon chagrin, ou même pour augmenter ma souffrance ? Non, je ne fais rien de tout ça, mais je me lève doucement, je tire une chaise sur laquelle je m'assieds avec difficulté. Mon cœur bat la chamade. Ce cœur qui tient encore bat-il de joie ? Non, il bat de tristesse, de cafard... Ma peur redouble, je viens de vivre un deuil. Oui, j'appelle cela un deuil : parce que loin de ma fratrie et sans de nouvelles d'eux depuis mon arrivée sur une terre qui m'est inconnue, c'est comme si je vivais un double déracinement. On vient de me prendre la seule force qui était jusque-là, en moi. Oh mon Dieu ! Quelle raison avait-elle pour m'empêcher d'avoir des nouvelles de ma famille laissée en Afrique ? Je reste sans voix, les yeux grands ouverts, et je fixe un seul endroit : le carton béant avec tous ces courriers que j'ai versés sur la moquette du salon. Mon Dieu, fais-je partie des personnes qui ont péché contre toi ? C'est pour cela que je paie ! Mais à quel prix ? De mes yeux toujours grands ouverts coulent de grosses larmes qui recouvrent mes joues. Je viens de découvrir la cachette des lettres de mes sœurs, de mes frères, de mes amis proches et de mes oncles paternels. Elles sont toutes là, depuis la première semaine de mon arrivée en Belgique, étalées au sol les unes contre les autres...

Je suis perdue dans mes pensées quand j'entends soudain un cri dans la rue. Je me réveille de ce cauchemar dans lequel Linda vient de me plonger. Je me lève d'un bond, je vais vers la fenêtre. Je repousse le rideau et je vois le voisin, le gendarme, qui sort avec sa famille, son fils sur l'épaule. Le petit ne crie pas parce qu'il est sur l'épaule de son père, mais parce qu'il veut que son père lui donne son chien en peluche, ce que le père fait. Tout content, il s'accroche à celle-ci. Je les regarde tristement s'éloigner de la maison. Puis je reviens à ma place et j'essaie de ramasser les courriers que j'ai versés sur la moquette. Il m'est impossible de concevoir une telle méchanceté de la part de Linda : priver quelqu'un des nouvelles de ses proches ! C'est si ignoble que j'ai du mal à comprendre !

En rassemblant tout ce tas de lettres sans dire un seul mot, mes pensées reviennent vers mon Créateur que je blâme de nouveau de m'avoir laissée aux mains de personnes malsaines. Puis je m'interroge : ah ! qui dois-je blâmer ? Mon Créateur ou le destin que je n'ai pas choisi ? Mon Dieu, pourquoi, oui pourquoi ne l'as-tu pas empêché d'agir de la sorte ? dis-je avec amertume. Mais ma colère ne fera rien à ce que je vis. Je me ressaisis, et je ramasse les dernières lettres qui restent sur le sol pour les remettre dans le carton. La maison n'a aucune pièce, à part le salon. Et je n'ai pas non plus d'armoire, puisque je pose mes affaires dans un coin du salon qui est parfois dérangé par Linda quand elle fait ses caprices. J'ai alors une idée : je vais mettre tous ces courriers dans mon cartable d'école. Là, ils seront en sécurité et je pourrai les lire un par un lorsque je n'aurai pas à subir les brimades des enfants de Pascal.

Je refouille dans le carton. Tiens ! Il y a même une lettre qui est arrivée aujourd'hui même. Je l'ouvre, pressée de la lire, parce que c'est un courrier de ma petite sœur Alicia et de mon petit frère Abou :

Bonjour notre chère grande sœur Jeanne Aïcha Bamah,

Abou et moi, nous sommes inquiets parce que cela fait presque cinq mois que nous n'avons pas de tes nouvelles et nous pensons que tu veux bien te familiariser avec le terrain avant de répondre aux nombreux courriers que la famille t'a écrits. Et à la fois, nous sommes très heureux que tout aille bien dans ta nouvelle famille et que l'entente soit bonne. Nous savons que tu es parmi des personnes que tu ne connais pas et que cela n'est pas facile pour toi. Mais, telle que nous te connaissons, tu apprendras à les connaître et mieux encore à les aimer. Vous ferez une belle famille. Ici, comme tu le sais, le climat n'a quasiment pas changé, tu es bien placée pour le savoir et nous n'avons pas à te le dire. Cependant, cela ne nous fait plus rien. Nous nous y sommes habitués. En revanche, nous nous inquiétons du contraire quand l'atmosphère est paisible et que le calme se profile à l'horizon : cela devient douteux. Tu sais, une fois que tu y es habitué, le contraire devient anormal. Toutefois, c'est ton absence qui nous handicape. Mais ne t'inquiète pas, nous vaquons à nos occupations pour ne pas avoir à subir ce manque, ce qui rendrait notre quotidien plus douloureux.

Sois heureuse où tu te trouves.

Alicia et Abou

Je plie tout doucement la lettre et mes larmes coulent de nouveau. Mais cette fois, je hurle de rage comme une lionne qui agonise dans un piège, sans doute pour manifester ma douleur ou me faire entendre. Mais Dieu du ciel, qui pourrait m'entendre ? Ah ! de nouveau seule... Le courrier toujours plié entre les mains, je m'assieds dans un coin du salon. Si Pascal rentrait, je lui ferais part de mon amertume...Lui, il me comprendrait peut-être...

Je ne sais pas combien de temps je suis restée là, cloîtrée dans le coin du salon, mais cela m'a semblé une éternité. Puis mes pensées s'envolent vers Opah, une petite voix me traverse l'esprit et j'ai l'impression que c'est la sienne : « Ne te laisse pas envahir par la rancœur, elle ne te mérite pas. » Je me lève alors brusquement. Comme j'ai caché les courriers dans mon cartable, je ne vais pas continuer à repasser et plier les vêtements de Linda. Je décide de tout remettre dans l'armoire, comme elle l'avait laissé. Puis je referme l'armoire. La force qui m'animait pour la ranger et repasser ses vêtements m'a quittée. Mais je n'attends pas longtemps pour sauter sur un deuxième courrier : c'est une lettre de mon neveu Léon :

Ma très chère petite tante Jeanne Aïcha,

C'est vrai que ça n'a pas été facile de t'avoir laissé partir à l'aventure. Mais sache que nous ne t'avons pas abandonnée. Nous t'aimons toujours et tu es dans notre cœur et dans notre pensée malgré l'océan qui nous sépare. Ici, toute la famille se porte bien. Depuis ton départ, rien n'a changé. Les jumelles n'ont pas changé leurs habitudes, elles sont toujours aussi capricieuses. Leurs disputes sont incessantes avec la vieille Adjoua : elles se renvoient la balle et veulent toutes avoir raison. La maman Adjoua, telle que tu la connais, fait la pluie et le beau temps. Les jumelles refusent qu'elle ait ce rôle de météo. Et tout ce chahut donne une bonne ambiance de kermesse à la maison.

Quant au restaurant de maman Bernadette, il est toujours ouvert. Seulement les clients ne se bousculent plus au portillon à cause de l'autoroute. Quant à moi, ma femme Clarisse a décidé de me quitter. Pour l'instant, elle ne sait pas encore où elle veut orienter sa vie sans moi. Crois-moi, j'ai bien changé : je ne vais plus courir derrière elle pour la supplier de rester ! Une fois la grille de la maison franchie, elle sera remplacée sans autre forme de procès, et ce sera pour moi sans regret. Je viens de me rendre compte que ma vie avec elle n'a été qu'une sorte de toxicité et de dépendance. C'est une grande manipulatrice et une fieffée menteuse ! J'étais comme prisonnier de cet amour, et dépourvu de toutes mes forces je ne savais pas me battre contre cette vie qui ne donne pas de chair. Mais j'ai compris, lorsqu'elle m'a parlé de me quitter : j'ai reçu cela comme un coup de massue qui m'a éveillé l'esprit, et comme une libération des nombreuses incartades que j'ai commises au détriment des personnes qui m'aimaient et qui me raisonnaient. Je leur demande pardon, j'espère qu'elles me pardonneront à leur tour, et une nouvelle vie commencera pour moi.

Chère petite tante, j'espère que ta nouvelle vie te va bien et tu nous diras tout dans un de tes prochains courriers.

Je t'embrasse tendrement,

Ton neveu Léon

IX

La sortie de la clinique

Je reste perplexe à la lecture de cette lettre. Les mots me manquent pour féliciter mon neveu : pour le courage qu'il a eu de laisser partir Clarisse, et pour le pardon qu'il a demandé aux personnes qu'il a offensées. Ne dit-on pas que le pardon libère ? Comme il l'avait si bien déclaré à mon neveu, Opah affirmerait : « Le pardon te fera comprendre beaucoup de tes erreurs, à savoir les humiliations que tu infliges aux autres, le mépris, les insultes, les vexations, les brimades, les railleries et les tromperies. Le pardon te fera aussi comprendre beaucoup de bonnes choses, à savoir la gratitude, la reconnaissance, l'amitié, la joie et surtout l'amour. » Oh ! sacré Opah, je me souviens qu'il disait à qui voulait l'entendre que c'est le pardon qui fait avancer une personne qui ne réfléchit pas mais qui laisse tomber. En revanche, il n'est jamais trop tard pour se racheter en étant une personne sensée. Oh mon Dieu ! Est-ce qu'une personne peut changer ?

Pour la première fois depuis la découverte du courrier, un sourire se dessine sur mon visage, et j'imagine Léon devenir le petit-fils qu'Opah rêvait d'avoir : sage, attentionné et capable de penser à faire quelque chose de ses dix doigts ; de se reconstruire en somme. Ah ! cette nouvelle vient égayer ma journée ! Mais cette nouvelle m'attriste soudain parce que je m'étais habituée à Clarisse. Je commence à me rappeler les bons moments passés avec elle. Tout à coup, les moments de douleur refont surface… Je me ressaisis : Ah ! cette souillure gravée dans mon existence ne me quittera donc jamais ? Cette torture que j'ai vécue dans le bureau du juge, et cette table, ces murs qui me hantent me reviennent comme un boomerang. Aussitôt, mon sourire s'efface et fait place à la tristesse. Je m'efforce de la chasser de mon esprit, et je prends mon cartable pour le placer derrière la porte de la terrasse qui mène au jardin. Je m'assois et je songe à la décision de Léon.

Cette décision est la bonne, je me le répète sans cesse intérieurement. Clarisse a fait beaucoup de mal à tout son entourage. Il n'y a pas que Léon qui en a souffert : toutes les personnes qu'elle a côtoyées ont eu leur lot de peine.

Avec elle, l'ambiance était au rendez-vous lorsqu'elle entrait en action, et la cour d'Opah ne manquait pas de spectateurs ! Cette nouvelle me réjouit, et je décide de répondre à mon neveu. Mais quand je regarde la date de son courrier, je vois qu'il a été écrit y a trois mois. Clarisse doit être déjà partie. Répondre à Léon serait le lui rappeler et lui donner envie de la courtiser de nouveau. Déçue, je rejette cette idée. Et je pense aux langues de vipère : elles diront qu'elle était le malheur de la famille, qu'elle avait attiré la risée, le déshonneur et l'opprobre sur nous. Ah, les humains ! Tous pareils quand il s'agit de colporter des calomnies...

Mais je n'ai pas le temps de m'attarder sur le courrier de Léon. J'essaie de savoir qui ouvre la porte quand j'entends le bruit d'une clé dans la serrure. Je vais au salon et je me retrouve nez à nez avec Pascal. Il pose un baiser sur ma joue.

— Comment était ta journée ? me demande-t-il joyeusement.

Je lui montre les courriers que j'ai mis dans mon cartable. Il ne réagit pas. Après quelques secondes de silence, il me répond d'un air qui signifie que ce n'est pas si grave :

— Je comprends que tu sois bouleversée par le geste de Linda. Il faut la comprendre, c'est une gamine. Elle ne voit pas les dégâts qu'elle cause... Il faut avaler les couleuvres, même si elles ne sont pas faciles à digérer...

Je lance dans une colère froide :

— Mais tu t'entends parler ?

— Je peux comprendre ton amertume : ce n'est pas facile d'être loin des personnes qu'on aime. Je suis désolé de ce que tu vis. Mais prends ton mal en patience. Lorsque les médecins auront signé la décharge de ma sortie définitive, tous ces désagréments ne seront plus qu'un souvenir lointain, me rassure-t-il.

J'avale les couleuvres, elles sont cependant difficiles à digérer...

Lorsque je prends le chemin de l'école, je me plonge dans les courriers de mes parents, je ne fais plus attention autour de moi. Les réunions à la clinique de Pascal se poursuivent. Tous les jeudis, nous nous rencontrons là-bas, les mêmes questions reviennent :

— Madame, vous vous sentez bien dans votre nouvelle vie ? me demande le médecin psychologue.

Je ne dois pas hésiter quand ils me posent ces questions. Deux jours avant chaque entretien, Pascal me dicte ce que je dois dire et ne pas dire aux médecins. Je ne peux pas trébucher sur une phrase qui rendrait mes réponses suspectes, ou faire une quelconque allusion à la préparation des réunions. Selon lui, c'est grâce à mes réactions que les médecins le laisseront sortir, parce qu'il leur a dit qu'il voudrait vivre avec son épouse et ses enfants pour mener une vie de famille normale. Je ne peux donc rien ajouter qui pourrait lui porter préjudice. Et puis les paroles de Pascal résonnent dans ma tête : « Je te protégerai une fois sorti de la clinique. » Cette phrase me revient sans cesse comme une assurance pour moi. Oui, il a affirmé qu'il me protégera quand il sera près de moi.

— Oui, je réponds au médecin en détournant la tête.

— Cela veut dire que vous n'avez plus de problèmes avec les enfants de celui-ci ? m'interroge l'assistante sociale, mademoiselle Artsvelte.

— Tout va bien.

Cependant, mes réponses n'ont pas l'air de les satisfaire. Les médecins et l'assistante sociale se regardent comme s'ils doutaient de ma sincérité. Le médecin soignant me regarde avec insistance et me repose la question :

— Madame, est-ce que tout va bien avec les enfants de votre époux ? Pouvez-vous me donner un exemple qui prouve que vous vous entendez bien ?

Oh mon Dieu ! Je fonds en sanglots, je n'arrive plus à formuler une phrase, je bute sur les mots... La réunion qui vient à peine de commencer est interrompue par le médecin :

— Je crois que nous allons continuer cette réunion jeudi prochain : madame n'a pas l'air très bien, déclare-t-il.

Puis il se lève et les autres font de même. Dès que nous sommes dehors, Pascal s'approche de moi.

— Tu es la seule personne qui me fera sortir de cette prison de fous ! me supplie-t-il en pleurs. Il suffit de répéter tout ce que je t'ai demandé de dire pour qu'on signe ma sortie. Tu ne veux pas que je sorte ! ajoute-t-il sur un ton accusateur.

Je réplique avec véhémence :

— Et toi ! Pourquoi n'as-tu pas parlé des lettres que ta fille a cachées ? Trois mois de courriers qui m'appartiennent, je suis restée tous ces mois sans nouvelles de ma famille ! Tu m'accuses, pourtant tu y es aussi pour quelque chose !

— Tu sais très bien que je ne pourrai te défendre que quand je serai à tes côtés, rétorque-t-il.

Comment voudrait-il que je le comprenne ? Malgré les réunions successives, l'attitude de ses enfants n'a pas changé, ils deviennent de plus en plus odieux envers moi. Et lorsque je lui en parle, il me dit que c'est ma faute.

— Si tu te comportes bien devant les médecins, tu verras que tout changera aussi pour toi, m'assure-t-il. Je te protègerai comme un lion.

Un lourd silence s'abat, et j'essaie de croire à ses paroles.

Les matins se suivent... Je prends le train pour Waterloo, et tout le long du trajet je lis mes courriers. Plongée dans ma lecture, je rate le tram cinquante-six de la place Saint-Guidon, et je parcours le chemin à pied de la rue Wayez jusqu'à la gare du Midi. Parfois, je ne fais même plus attention aux horaires du train. Un matin, je me suis retrouvée dans le train de Liège, un autre matin dans celui de Vilvoorde, encore un autre matin dans celui de Namur, puis dans celui d'Anvers. Les cours sont chaque fois manqués et je ne m'en rends pas compte. Je veux tout savoir sur ce qui se passe dans ma famille en

Afrique. Immergée dans tout ce courrier, je descends à la gare d'Uccle en croyant que je suis à Waterloo. Je lis la lettre de mon petit frère Abou. Le courrier date de deux mois après mon arrivée à Bruxelles :

Ma très chère aînée Jeanne Aïcha,

Si je t'écris cette lettre, c'est pour te dire combien tu nous manques. Les choses ne sont pas faciles ici, mais nous faisons semblant de croire qu'elles changeront un jour. Enfin, on essaie... Je pense que Léon t'a déjà mise au courant que Clarisse a quitté la maison. Avec cet événement, nous pensions nous réjouir de cette nouvelle vie qui venait à peine de nous sourire, toutefois, nous nous sommes allés vite en besogne : Clarisse était partie se réfugier chez une diseuse de bonne aventure, et notre neveu Léon, qui avait pris des résolutions sur sa vie future, se trouvait avec elle. Pourtant, nous avions cru en lui et en son changement. Seulement nous avons précipité les choses. Un soir, un ami de la famille est venu nous dire qu'il avait vu Léon dans un village à quelques kilomètres de Divo, chez une dame réputée pour lire l'avenir de ses clients. Clarisse, avec son don de manipulatrice, a réussi à l'emmener avec elle. Maman Bernadette Fatou et sa mère, maman Adjoua, ont paniqué, et elles sont allées là-bas pour le chercher. Quand elles sont arrivées, il y a eu des altercations entre la diseuse de bonne aventure et maman Bernadette Fatou : il s'en est fallu de peu pour qu'elles n'en viennent pas aux mains. C'est grâce à l'intervention du chef de ce village qui a ramené Léon à la raison que l'atmosphère s'est apaisée. Toutefois, maman Fatou et sa mère sont retournées à N'douci sans Léon. Mais quelques jours plus tard, quand Léon et Clarisse sont rentrés à la maison, une forte dispute a de nouveau eu lieu entre Clarisse et les deux mamans Fatou et maman Adjoua, au point d'en venir encore aux mains. Le lendemain, Clarisse était priée de quitter définitivement la maison d'Opah. Depuis cette expulsion musclée, nous n'avons plus revu Clarisse. Aux dernières nouvelles, elle se trouverait à Gagnoa, sa ville natale. Après cet événement, la vie de Zionne a changé : elle a commencé à aller à la messe avec maman Adjoua, le calme est revenu à la maison, et Zionne m'a même un jour amené avec elle à la messe. Nous y sommes allés trois dimanches, et le quatrième dimanche le prêtre m'a approché lorsqu'il a su que j'étais le petit frère de Zionne. Actuellement, je suis les cours sur les principes et les mystères de la foi. Je trouve ça intéressant, alors j'ai décidé de me faire baptiser. Les personnes que tu avais laissées avant ton départ se sont métamorphosées en chérubins : Zionne est servante de Dieu, et les disputes d'alors se sont transformées en chants de louanges à la maison. C'est ainsi que Zionne m'a entraîné dans cette nouvelle renaissance. Je suis content de ma nouvelle vie, de voir les choses différemment. Je ne manque aucune messe dominicale avec Zionne. Le curé est content de moi, il me parle souvent du baptême. Mais il me faudrait des vêtements tout neufs pour cette cérémonie, et comme tu le sais, maman Fatou ne peut pas tout prendre en charge, j'aurais besoin de ton aide financière. Jeanne Aïcha, le baptême aura lieu au début du mois d'octobre : c'est la date que le prêtre a fixée compte tenu de son calendrier.

Je pense que tu comprendras ma requête.

Je te souhaite tout le bonheur dans ta nouvelle vie.

Ton petit frère Abou

Je replie la lettre et je me mets à pleurer. Comment ai-je pu rater ma participation à l'achat des habits de baptême de mon petit frère, mon petit frère Abou, avec tous les efforts qu'il a faits pour comprendre ce monde ? Il nous suivait, Alicia et moi, partout, même dans nos jeux d'enfants. Il aimait jouer au policier pour attraper les méchants : il prenait un récipient rond qu'il posait sur la tête en guise de casquette et un bâton en guise de matraque, et courait derrière le fils du voisin Salif. « C'est un bandit » disait-il pour le faire prisonnier en le mettant derrière la grille de la cour. Je vois qu'il a bien changé ! Ce changement radical me réjouit, et je suis fière de lire ça. Cependant, je suis à six mille bornes de lui. Comment lui dire que je l'aime ? Et que je partage sa joie ? Je relis son courrier, et je comprends qu'il est trop tard pour l'aider, le baptême est déjà passé. Oh mon Dieu ! J'espère qu'il a été baptisé, même que je n'ai pas pu lui envoyer un mandat postal. À la gare d'Uccle, assise sur un banc, j'oublie que je devrais être en classe, ma pensée s'envole vers mon frère : le petit Abou qui répétait tout ce que disait Alicia s'est transformé en quelques semaines en fervent serviteur de notre Créateur. Mais il est petit, que comprend-il au baptême ? Et à toutes ces messes que le prêtre nous sert chaque dimanche ?

Perdue dans mes pensées, je comprends soudain que je viens de me tromper de gare et que je me trouve à Uccle et non à Waterloo. La peur m'envahit : les cours ont commencé depuis deux heures ! Je ne sais pas comment l'école prendra mon retard, si je dois y aller ou retourner à Bruxelles… Finalement, je prends mon courage à deux mains et je décide d'aller à l'Athénée. Je monte dans le prochain train qui s'arrête à mon niveau, et je descends à l'arrêt suivant. Je n'ai plus qu'à courir.

Mademoiselle Florence, l'éducatrice de l'école, m'accueille devant l'établissement.

— Quelle heure est-il ? me demande-t-elle.

— Onze heures…

— Et que fais-tu à cette heure-ci dans l'établissement ?

Je murmure :

— J'ai raté mon train.

Elle me regarde avec de grands yeux, qui m'ont l'air de me dire : « Tu ne sais pas mentir. » Puis elle m'envoie dans la salle d'étude où toute personne arrivant en retard doit se rendre. C'est la première fois que je rentre dans cette salle. Je vois que je ne suis pas seule, il y a d'autres élèves de différents niveaux qui sont déjà installés. Au moment où je vais prendre place, un monsieur blond vient vers moi et m'interpelle d'un ton sec :

— Mademoiselle, je suis le surveillant de cette salle, je m'appelle Martin Berger. Et toi qui es-tu, et dans quelle classe es-tu ?

— Je m'appelle Jeanne Aïcha Bamah et je suis en cinquième.

La cinquième équivaut à la classe de première en France.

— Pourquoi es-tu en retard ? Les cours ont commencé depuis trois heures ?

— Je me suis trompée de gare.

— Comment ça, trompée de gare ? C'est la première fois que tu prends ce chemin ?

— Non, monsieur.

— Comment cela peut-il arriver ?

Je ne réponds pas parce que je ne peux pas lui dire ce que je vis à la maison et pourquoi je suis descendue à la gare d'Uccle au lieu de la gare de Waterloo. Comme je demeure muette, il ne me pose plus de questions et m'invite à trouver une chaise et à sortir mon cahier d'étude.

Au lieu de sortir mon cahier, je sors une lettre : c'est un courrier de Stella que je lis discrètement à l'abri des regards. Il date du jour de mon départ d'Abidjan :

Ma très chère Jeanne Aïcha,

J'ai appris par ma petite sœur Nataline que ta cérémonie de mariage dont tu m'avais parlé s'est bien passée. Elle m'a même dit que tu te trouves à Bruxelles depuis quelques jours. Dès que je l'ai appris, je n'ai pas hésité à t'écrire pour être la première personne que tu liras dès ta première semaine à Bruxelles. Comment va ta nouvelle famille ? J'espère que tu te plairas dans ta nouvelle vie et ta nouvelle école. Je comprends que ce sera un grand dépaysement, mais après quelques mois, tu t'y habitueras.

À présent, je me trouve en Côte d'Ivoire et je ne sais pas quand je serai de retour à Paris. Aux prochaines vacances, peut-être que nous nous verrons là-bas. Tu sais que Paris n'est pas loin de Bruxelles.

Je t'embrasse avec toute mon affection.

Stella

Je pleure à la fin de la lecture. Monsieur Berger se dirige vers ma table. Il me fixe d'un air sévère. Je lève mes yeux vers lui, et son regard devient compatissant.

— Pourquoi pleures-tu ? me questionne-t-il. Les nouvelles ne sont pas bonnes en Afrique ? Je peux comprendre ta tristesse parce que tu es si loin d'eux. Mais de là à te couvrir de larmes, c'est un peu trop, n'est-ce pas ? L'autre jour, dans la cour, je t'ai vue plongée dans tes courriers. Presque tous les jours je te vois lire des lettres, tu t'isoles de tes copains de classe. Ce ne sont pas mes affaires, mais si tu as besoin d'aide je te conduirai chez l'assistante sociale de l'école.

Je lui demande :

— Pourquoi me conduiriez-vous chez l'assistante sociale de l'école ?

— Parce que je te vois souvent pleurer en lisant tes courriers, lance-t-il.

— Non monsieur, tout va bien.

— Dans ce cas, je n'ai plus rien à dire.

Puis il ordonne à deux autres élèves qui étaient là avant moi de quitter la salle d'étude. Je les suis, et chacun rentre dans sa salle de classe.

Un matin sans histoire, Pascal reçoit un courrier provenant de l'école dans lequel sont consignées mes absences répétées. Et comme il ne peut pas se présenter en personne, il téléphone à la direction qui lui confirme que je ne suis plus les cours depuis quelques semaines. Pascal leur répond poliment en leur promettant d'y remédier. Le jour même, il me sermonne, et deux jours plus tard, au cours de notre réunion avec les médecins, il met le problème de mes absences scolaires sur le tapis :

— Mon épouse a besoin de moi. J'ai reçu un avis de l'école portant sur ses absences répétées.

— Monsieur Bourgeois, si votre épouse nous dit que tout va bien à la maison, pourquoi serait-elle absente en cours ? l'interroge le médecin soignant.

— Je ne sais pas, répond Pascal timidement.

— Avez-vous des choses à nous dire ? demande l'assistante sociale aux enfants de Pascal.

— Je ne sais pas pourquoi elle est absence en cours, dit Christophe.

— Je ne sais pas moi non plus, reprend Linda.

Le médecin se tourne alors vers moi :

— Et vous madame, pourquoi ces absences répétées ?

Au moment où je vais ouvrir la bouche, Pascal s'empresse de répondre :

— Je crois qu'elle n'est pas encore habituée à prendre le train.

Je ne peux pas placer un mot, je fonds en larmes. Le médecin interrompt momentanément la séance :

— Nous allons reprendre dans une demi-heure, lance-t-il, quand madame sera remise de ses émotions.

Devant la salle, Pascal me tourne autour et ne cesse de s'énerver contre moi :

— Si tu te comportais bien, je serais depuis longtemps sorti de cette prison de fous ! m'accuse-t-il. Je ne comprends pas ton attitude !

Mon Dieu ! Il n'y a rien à comprendre, je me sens si seule… Je hurle :

— Pourquoi n'as-tu pas réagi quand je t'ai montré les courriers que Linda avait cachés?

— Je ne suis pas avec vous en permanence, comment veux-tu que je réagisse ? Si je la sermonnais, elle s'entêterait et recommencerait de toute manière puisque je ne vis pas avec vous à la maison.

Je pleure de nouveau. Cette fois, il me prend dans ses bras.

— Je serai là pour toi. Si tu coopères avec les requins dans la salle qui n'attendent que de me réinterner.

Ses longs bras autour de mon petit corps me mettent en confiance. À cet instant, le médecin qui revient de la pause voit la scène et nous dit de rentrer dans la salle. Nous reprenons tous nos places respectives.

— Cette réunion sera l'avant-dernière, déclare-t-il. Après concertation avec mes collègues soignants et le personnel assistant qui a suivi monsieur Bourgeois, j'ai décidé de signer la fiche de sortie de celui-ci pour qu'il puisse jouir de la présence de son épouse et s'occuper de l'éducation de ses enfants. Nous avons constaté que les enfants ont besoin de leur père, et Pascal de son épouse.

Cependant, il n'a pas mentionné la date de la sortie. Mais Pascal est maintenant sur la liste des patients qui doivent partir de la clinique : ce n'est qu'une question de temps et non plus de formalités. Nous avons confiance : le médecin nous communiquera la date le moment venu.

Quelques jours se sont écoulés, nous sommes en décembre, et nous n'avons toujours pas de nouvelles des médecins de Pascal. Celui-ci rentre à la maison chaque matin et retourne à la clinique chaque soir. Quant à moi, je reprends l'école. Cette fois, je diminue la lecture de mes courriers : je sélectionne les plus récents, et je jette les plus anciens. Cela me permet de ne plus être en retard en cours.

Un soir, dans le calme de l'hiver, un froid glacial souffle dans la maison. Je n'ai jamais senti ce froid auparavant. Il y a une cheminée dans le salon : Pascal m'a dit que c'est une cheminée artificielle. « Les cheminées en Europe, c'est pour chauffer les maisons », m'avait-il écrit dans un de ses courriers. Alors cela ne m'a pas surprise quand j'ai vu une cheminée dans le salon de son père : un four à bois en fait, qui chauffe toute la maison, mais on ne peut pas contempler les flammes qui exécutent leur petite danse.

Ce soir-là, je m'assois près de la cheminée artificielle qui s'allume quand on appuie sur un bouton.

Elle a été ma première attraction quand je suis arrivée ici. Lorsque Pascal l'a mise en route, j'ai bondi de ma chaise pour voir l'effet que cela faisait. Tout à coup, une atmosphère brûlante s'est répandue dans toute la maison. Amusée, je regardais les flammes jaunes aux extrémités bleues qui s'agitaient derrière la vitre comme si elles étaient emportées par le vent chaud du Sahel. Alors, depuis que les enfants de Pascal m'interdisent de regarder la télévision, ou que Christophe me chasse quand je suis devant, cette cheminée est une fascination pour moi.

Le froid bouffe mon petit corps, et la couverture que Pascal m'a donnée ne suffit pas pour me protéger de ce froid glacial. Je grelotte toute la nuit, endormie devant la cheminée artificielle. Au petit matin, je me lève et je tire le rideau de la fenêtre. Sur la grande route, les personnes vêtues de leurs manteaux partent au travail. Oh mon Dieu ! Encore une journée de travail ! Ces gens ne sont jamais fatigués de courir derrière leur pitance ? Ils doivent toujours courir, on ne sait pas qui sera le premier arrivé, et on ne le saura jamais. Opah disait que nous sommes tous des esclaves, mais avec un salaire. Je me recouche près de la cheminée, puisque désormais c'est mon seul endroit pour dormir étant donné que je suis aussi chassée du canapé-lit.

Christophe se lève à son tour après avoir fini de prendre son petit-déjeuner. Il me crie dessus :

— Putain ! Je voudrais avoir accès à mon armoire !

Puis il regarde la cheminée qui agite ses flammes bleues.

— Éteins-moi cette cheminée bordel ! Ton père ne pourra jamais payer la facture de chauffage ! Cette nuit, je l'ai éteinte, et toi tu la rallumes !

J'articule péniblement :

— Mais j'ai froid...

Je comprends maintenant pourquoi je tremblotais comme un chiot mouillé : c'est parce qu'il l'avait éteinte. Il ne me laisse pas réfléchir, il se précipite sur la cheminée, l'éteint de nouveau et m'ordonne de ne pas y toucher sinon il me réglera mon compte. Pour éviter les représailles, je me lève et me dirige vers la cuisine. Si je résiste, Pascal ne me défendra pas.

J'ai laissé la porte ouverte. Soudain, une voix cinglante s'élève :

— Tu ne vois pas qu'il fait froid ? Ferme-moi cette porte, bordel !

— Je suis désolée, dis-je craintivement en fermant la porte.

Puis j'ouvre le robinet et je fais couler de l'eau chaude sur mes mains pour les réchauffer.

C'est la fin de l'année 1992. Le père de Pascal nous invite chez lui pour la fête de Noël.

C'est la première fois que je passerai Noël en famille. À N'douci, Opah qui était musulman n'a jamais pris cette fête au sérieux. C'étaient mes trois oncles qui nous parlaient de la signification de cette fête et de la naissance du petit Jésus.

Aujourd'hui, je vois un sapin pour la première fois. Au coin de la cheminée, un arbre tout vert fraîchement coupé, décoré de guirlandes lumineuses, brille dans le salon. Papi l'appelle « sapin de Noël ». Je l'admire avec de grands yeux qui sont tout aussi illuminés que le sapin ! Je m'approche et je le touche. Papi me demande si mes parents ont déjà mis un sapin dans notre maison. Je lui parle des feuilles de palmier que je partais couper à l'autre bout de la ville avec ma petite sœur Alicia pour faire la crèche du petit Jésus, mais ça, c'était à l'époque de mes oncles. Je lui dis que je n'ai jamais mis de cadeaux au pied d'un sapin. Papi, fasciné par mon récit, rit à s'en tenir les côtes. Le soir après le dîner, il nous distribue des boîtes de chocolats et de mouchoirs en tissu. Les enfants de Pascal et moi sommes contents. C'est la première fois que nous rions ensemble. Je suis heureuse que la fête de la naissance de Jésus puisse nous réunir et enterrer nos différends.

Pascal est de la fête, il a reçu une permission de passer Noël en famille. Je demande à Linda, qui a un appareil photo ce jour-là, de nous prendre en photo pour garder un souvenir de cette fête. Elle le fait, mais à la condition que je lui paie le tirage des photos. Elle me les vend le double du prix du développement...

Le mois de janvier vient de commencer, nous n'avons pas encore la date de sortie de Pascal. Toutefois, nous croyons toujours à la parole du médecin. Je vais régulièrement en cours, et bien que j'aie diminué la lecture de mes courriers, je continue à lire les nouvelles lettres dans le train pendant que les autres passagers lisent les quotidiens du matin ou le cours de la bourse. Quelques passagers me sourient, d'autres essaient par curiosité de me demander pourquoi je ne fais que lire du courrier. Enfin, ce sont ceux qui m'ont remarquée qui me posent ces questions. Je leur réponds avec un sourire.

Un après-midi, je rentre de l'école. Je n'ai pas à me plaindre de la journée. La professeure de chimie, madame Beaulieu était absente, et nous avons attendu le cours suivant dans la salle d'étude. J'ai lu presque la moitié du courrier. Finalement, on nous annonce que le second professeur ne sera pas là et que nous pouvons rentrer chez nous. Je bondis dans le premier train pour Bruxelles.

Dans le train, je me rends compte que c'est le jour de mon anniversaire. Je l'oublie souvent parce que je n'ai jamais eu la chance de le fêter. La dernière fois que je l'ai fait remarquer à ma mère, j'ai pris une volée de coups. Ce jour qui devait être un jour de joie s'est transformé en jour de tristesse. Je peux comprendre qu'une mère se souvienne des moments de douleur lorsqu'elle donne vie à un petit enfant ; parfois même cela peut être un échange de vies, quand la mère perd la sienne. Alors commémorer ces instants de lutte pour la survie de deux êtres ne pouvait, chez elle, que réveiller des blessures mal cicatrisées. Heureusement, ce ne sont pas toutes les femmes qui vivent ce cauchemar.

Arrivée à la gare du Midi, toute joyeuse, je prends le tram cinquante-six, pour descendre à l'arrêt Saint-Guidon. Je file comme un oiseau à la maison. Je suis à peine devant la porte qu'un bruit résonne juste derrière. Je sursaute. La porte s'ouvre : c'est Pascal dont la joie est si démesurée qu'on croirait qu'il vient de gagner à la loterie. Il se jette dans mes bras. Puis il crie au point de me rendre sourde. Je pense qu'il s'est souvenu des moments de douleur de ma mère, et qu'il va me dire : « Joyeux anniversaire ma chérie ! » Oh que non ! Au lieu de ça, il m'entoure de ses grands bras et me lance en balançant des papiers sous mon nez :

— Tu vois ces papiers, c'est ma décharge de sortie ! Je viens de quitter la clinique, et je n'y retournerai plus jamais ! Nous formerons maintenant une famille, ajoute-t-il dans une euphorie incontrôlée !

Impossible de l'immobiliser ! Les documents qu'il m'agite sous le nez perturbent mon champ de vision et m'empêchent de pénétrer dans la maison.

— Je voudrais rentrer, dis-je.

Je me dirige vers la cuisine, j'ouvre le réfrigérateur et je prends le champagne qu'il a acheté il y a plusieurs semaines pour célébrer sa sortie de clinique. Je partage sa joie car cela sera aussi bénéfique pour moi. Nous dansons au rythme d'une musique zaïroise : c'est Pascaline, la fille de Pascal qui vit avec un jeune Zaïrois, qui nous a prêté le disque. Des heures durant, tout à notre joie, Pascal et moi entreprenons de remettre de l'ordre dans la maison : les vêtements sales de Linda jetés pêle-mêle, les draps du canapé-lit qu'elle n'a pas changés la veille...

Pascal est heureux. Il déclare en brandissant son verre de champagne :

— Enfin, je suis maintenant un homme libre ! Au diable ces fous en blouse blanche !

Il regarde autour de lui pour contempler le ménage que nous avons fait ensemble, puis il ajoute :

— La maison sera respirable au premier regard !

X

La locataire

La journée se termine très bien grâce à la joie que suscite la sortie de Pascal. Son père nous rejoint dès qu'il apprend que son fils vient de sortir. Le champagne coule à flots et la bouteille se finit dans la gaieté. Pour moi, c'est un réel soulagement de savoir que je vais bientôt être traitée comme un être humain à part entière. Et pour Pascal, l'année passée en clinique puis les multiples réunions qui ont suivi dans le but de s'assurer qu'il se conduirait correctement à l'extérieur est de l'histoire ancienne : cette sortie représente la liberté retrouvée, le fait de ne plus avoir affaire aux médecins ni justifier le moindre mouvement. Pour lui, c'est un bonheur de retrouver sa petite famille. Nous avons donc tous les deux un dénominateur commun : recouvrer la liberté, oui la liberté que certaines personnes vous confisquent sous prétexte de nous protéger contre nous-même ; oui, la liberté qu'elles nous présentent comme un outil de destruction de nos valeurs traditionnelles. Pascal et moi nous la revendiquons pour avoir la dignité d'être perçus comme des êtres humains et non des animaux de zoo : moi vilipendée pour être transformée en zombie, lui un aliéné qui n'a pas son mot à dire.

La première nuit, nous avons dormi sur le canapé-lit. Quand Christophe a appris que son père ne retournerait plus à la clinique, il est reparti habiter chez son grand-père. Quel soulagement pour moi ! De toute manière, le salon n'a qu'une seule pièce et c'est le seul endroit pour dormir. Le premier étage de la maison est loué par une mère célibataire qui vit avec son petit garçon de huit ans. Cela ne nous dérange pas parce que ça génère des revenus.

Pascal ne peut pas travailler parce qu'il est déclaré en incapacité de travail. Alors durant la journée, quand nous sommes à l'école, il sillonne les supermarchés des environs pour remplir le réfrigérateur, puis il passe le reste du temps chez son père. Mais il doit aussi se présenter chez l'assistante sociale de la commune d'Anderlecht, madame Renard, pour qu'elle s'assure qu'il prend ses médicaments.

Je pensais que ma liberté allait commencer avec celle de Pascal... Or j'étais loin de me figurer que ce que j'imaginais comme ma dignité retrouvée et un semblant de paix à la maison se transformerait en cauchemars, et que les pires monstres défileraient dans mon sommeil ! Oh mon Dieu ! Comment concevoir que je lierais une amitié avec la peur, et que je vivrais dans une angoisse permanente ?

Tout commence quand je prends mon petit-déjeuner dans la cuisine avant de partir à l'école. Ce matin-là ne se passe pas comme je l'espérais. Toutefois, ce n'est pas nouveau de voir Pascal dans un tel état de crispation quand il n'arrive pas à se faire écouter, ou quand ses enfants lui manquent de respect. Cela lui monte à la tête parce qu'il est touché dans son amour-propre à cause de l'éducation manquée de ses enfants. Il se met à trembler de tout son corps et, lorsque ça arrive, je lui dis de prendre ses calmants, ce qu'il fait.

Les médicaments prescrits par les médecins de la clinique sont dans une drôle de boîte bleue avec des petits compartiments à l'intérieur. Les pilules ont des couleurs différentes : blanches, bleues et jaunes. Il ne peut pas les prendre n'importe comment car elles ne produisent pas les mêmes effets. Il y a les pilules du lundi, celles du mardi et celles du mercredi. Tout est indiqué sur la boîte pour qu'il ne se trompe pas de jour.

Oh mon Dieu, il a avalé les pilules du lundi et du mardi ! Il est pris d'un tremblement terrible au point de rivaliser avec un tremblement de terre jamais atteint sur l'échelle de Richter. Dans la panique, je cours chercher son père, mais celui-ci est absent. Je reviens à la maison et je prends mon courage à deux mains. Pascal est incapable de se lever de sa chaise. J'essaie de le soulever pour l'aider à s'allonger sur le canapé-lit. Il pèse un âne mort, je trébuche sous son poids, mais je finis par y arriver et je lui donne plusieurs verres d'eau. Puis je lui demande d'une voix étranglée par la peur :

— Veux-tu que j'appelle les secours ?

— Non, non, tout va s'arranger, me répond-il en me faisant un large sourire pour me tranquilliser.

Je ne suis pourtant pas très rassurée et j'insiste pour qu'il appelle madame Renard afin de lui expliquer ce qui lui arrive. Il refuse catégoriquement. Mais je vois bien dans quel état il est, et malgré son entêtement je compose le numéro de madame Renard :

— Bonjour madame Renard, c'est à propos de mon époux...

— Qui est à l'appareil ? me demande-t-elle.

— Madame Bourgeois. C'est monsieur Bourgeois... il tremble très fort et je n'arrive pas à le calmer, dis-je en butant sur les mots.

Bouleversée, je ne peux pas réfléchir. Le temps s'est tout à coup arrêté dans ma tête, je ne sais pas par où commencer, je n'arrive pas à formuler mes phrases, mon gosier refuse de sortir autre chose que des murmures. Par contre, j'entends le souffle de la dame dans l'écouteur. Comme elle m'interroge posément, je me ressaisis un peu et je lui raconte ce qu'il se passe. J'ajoute même que Pascal a refusé que je la contacte.

— Calmez-vous madame ! Vous lui avez dit de se coucher ? demande-t-elle d'une voix sereine.

— Oui madame, et je lui ai donné quelques verres d'eau à boire.

— Très bien madame. Si son état ne se stabilise pas, vous appelez les secours, répond madame Renard.

Puis elle raccroche le combiné.

Toute la matinée, je reste aux côtés de Pascal : me voilà la nounou de mon époux ! Dans mon for intérieur, je demande à Dieu si le choix que j'ai fait m'élèvera vers le salut… Toutefois, son état se stabilise et la journée se termine comme je l'avais espéré ce matin. Vers dix-sept heures, avant de quitter son bureau, l'assistante sociale m'appelle pour avoir des nouvelles :

— C'est Madame Renard. Comment va-t-il maintenant ?

— Mieux, madame.

Pendant que je lui parle, Pascal m'arrache le combiné des mains et s'empresse de lui dire :

— Il ne s'est rien passé, ne vous faites pas de souci madame, ce n'était rien qu'un petit malaise. Mon épouse a paniqué parce qu'elle ne m'avait jamais vu ainsi auparavant. Sinon, tout est en ordre maintenant.

Puis il raccroche après quelques mots de remerciement et les injures pleuvent soudain sur moi. Oh mon Dieu ! Qu'ai-je encore fait pour mériter une telle fureur ?

— Tu n'aurais pas dû l'appeler ! Comme tu l'as mise au courant de ce qui se passe à la maison, elle fera un rapport qui me renverra de nouveau à la clinique. Je ne veux plus que cela se répète si cela devait avoir de nouveau lieu, tu m'entends ?

J'acquiesce sous la menace :

— Oui oui !

Sur ces dires, il court chez son père pour le rassurer, puis revient de nouveau à la charge :

— Tu n'appelles plus cette dame ! vocifère-t-il. Je ne veux pas retourner dans cette clinique de fous !

Cette fois je réplique en haussant le ton, parce que ses hurlements remplissent toute la maison et qu'il m'est impossible d'argumenter :

— J'ai paniqué, c'est tout !

Quelques jours s'écoulent. Il est six heures du matin, la matinée vient à peine de commencer et les premiers rayons de soleil traversent les vitres de la fenêtre. Ils annoncent une journée sans nuages. Je me lève pour aller à l'école. Il y a deux jours, la prof d'anglais nous a annoncé qu'elle ne viendrait pas, mais qu'elle serait remplacée une autre enseignante. Je prends mon cartable et je file pour la gare du Midi.

Depuis son malaise, Pascal s'est métamorphosé : il se fait rare à la maison et je me retrouve seule. Pourtant, avant sa sortie de la clinique, il m'avait promis de me protéger. Je croyais ses paroles qui me rassuraient et je lisais dans ses yeux le désir d'être avec nous, de retrouver une famille, la belle famille dont il avait rêvé. Cependant, c'est tout le contraire qui se produit : il part chez son père de bon matin, et passe le plus clair de son temps chez Pascaline à Ixelles. En revanche, les rares fois où il est à la maison, il m'interdit d'appeler les secours ou de contacter l'assistante sociale quand ses malaises reprennent. Me voilà de nouveau à m'occuper de lui. Et lorsque je lui demande :

— Pourquoi ne restes-tu pas avec moi ?

— Cela évite les conflits, me réplique-t-il. Et puis comme ça, tu as la paix dont tu rêvais.

— Tu avais promis de me protéger, dis-je.

— C'est vrai, mais je ne peux pas le faire constamment, mes enfants ont aussi besoin de moi, rétorque-t-il avec arrogance.

Je proteste en criant :

— Mais ce sont tes enfants qui créent les problèmes ! Tu as promis de les éduquer une fois à la maison !

— Et j'ai promis d'être avec toi…

— Mais tu ne le fais pas !

— Euh… je ne sais plus où donner de la tête. Leur mère m'a écrit pour me dire que tu ne m'aimais pas.

— Alors maintenant, c'est leur mère que tu écoutes ? Pourquoi m'as-tu dit que c'était fini depuis quinze ans ?

— Oui, c'est vrai, c'est fini, mais elle me dit de protéger mes enfants contre toi.

Oh, mon Dieu ! Ces mots m'ont permis de comprendre que Pascal est manipulé par la mère de ses enfants. Et il a choisi son camp : celui qui se ligue contre moi avec la complicité de celle-ci.

Bien que j'aie la maison pour moi toute seule, et puisque Pascal ne me soutient pas, Linda continue de me narguer avec ses copines : elle vient salir la maison, puis retourne chez sa sœur. Son frère le fait aussi. Alors pour éviter les conflits, je décide de rester le plus longtemps possible à l'école. La seule idée de rentrer à la maison me fait pâlir, j'ai peur de les rencontrer et de subir encore leurs humiliations. L'école finit à dix-sept heures, mais je m'assieds sur un banc à la gare et je regarde les personnes qui montent dans le train. D'autres passagers viennent s'asseoir à mes côtés ; ils pensent sans doute que j'attends le prochain train. Le train suivant passe, puis le suivant, et je suis toujours assise sur mon banc pour ne rentrer qu'à vingt heures : l'heure à laquelle je ne retrouve plus les enfants ni Pascal à la maison. Et je fais cela depuis quelques semaines.

J'ai probablement fini par me faire remarquer sur ce banc. Car un soir, vers dix-huit heures, une jeune fille blonde se dirige vers moi. Elle me regarde d'une drôle de manière, avec curiosité. Je m'empresse de lui sourire pour ne pas lui faire mauvaise impression.

— Enfin ! Un sourire ! s'exclame-t-elle. Je m'appelle Stacy, je suis américaine, je viens du Texas. Cela fait plusieurs semaines que je te vois toute seule assise sur ce banc, pensive. Et parfois je lis de la tristesse dans tes yeux. Tu n'as pas d'amis ? Voudrais-tu en parler ?

Elle semble éprouver de l'empathie pour moi, mais je lui réponds :

— Non, non, rien, je vais bien...

A-t-elle ressenti ce que je vis et c'est pour cela qu'elle m'adresse la parole ? Ou, comme moi, n'a-t-elle pas d'amis ? Je refuse de lui en dire davantage, mais elle insiste :

— No, come on! I know you don't getting well, me rétorque-t-elle en anglais.

Puis elle poursuit :

— Je suis ici en échange scolaire. C'est pour apprendre français. J'ai choisi la Belgique parce que je n'ai pas eu la possibilité d'être sur la liste de la France : la France est beaucoup demandée chez moi. Beaucoup ne savent pas qu'on parle français en Belgique. Il y a même d'autres qui ne savent pas où elle se trouve.

L'idée que beaucoup d'Américains ne savent pas ce qui se passe chez les autres nous fait éclater de rire. Puis elle revient à la charge :

— Pourquoi es-tu seule dans cette gare ?

— J'attends mon train.

— Mais il y a deux trains qui sont déjà passés.

C'est vrai, deux trains sont déjà passés, mais j'attendais la bonne heure pour franchir la porte d'un wagon. Pour éviter les questions de la jeune Américaine, je lui demande de nouveau pourquoi elle a choisi la Belgique.

— Je ne suis pas seule avoir choisi la France. Le professeur a fait deux groupes et je me suis retrouvée dans celui de la Belgique. Mais la Belgique, c'est aussi bien. Je ne regrette rien.

Elle remue la tête, puis continue :

— And about you?

Je ne réponds rien. Elle me regarde avec un silence coupable. Pense-t-elle ouvrir une blessure mal cicatrisée ? C'est alors qu'elle ajoute :

— Veux-tu devenir mon amie ?

— Elle ouvre grand ses bras et m'enveloppe le corps. Prudemment, je l'enlace à mon tour.

Dès lors, une belle amitié naît entre nous. Cette jeune fille blonde devient un souffle salutaire qui me permet de cacher ma tristesse et toutes mes souffrances quotidiennes. Elle aussi se sent seule. Sa maîtrise du français est approximative, mais nous avons créé le franglais : un mélange de la langue de Shakespeare et de la langue de Molière, et nous nous comprenons très bien dans notre nouvelle langue.

Pendant l'heure de pause, nous allons au supermarché du coin. Quelques mois plus tôt, j'avais essayé de m'intégrer dans un groupe de filles qui avaient l'habitude de se rendre dans ce supermarché pour acheter des brioches et des viennoiseries. L'une d'elle m'avait invitée à les rejoindre, et je les ai suivies naïvement, un peu perdue, comme un caneton qui suit sa mère. Au supermarché, elles ont discrètement pris des friandises, quelques accessoires (boucles d'oreilles, serre-tête, brosse à cheveux) et des serviettes hygiéniques. À la caisse, deux d'entre elles n'ont payé qu'une bouteille de soda pendant que les quatre autres sortaient discrètement sous le regard innocent de la caissière. Cependant, elles ne pouvaient imaginer que l'œil du vigile les avait repérées depuis son bureau grâce à la vidéosurveillance. À la sortie, il nous a fouillées et nous a donné un avertissement : si cela se répétait, il convoquerait nos parents. Ce jour-là, j'ai eu la peur de ma vie, alors que je n'avais rien volé. Et après cette aventure malheureuse, je n'ai plus fréquenté ces filles. Alors quand Stacy, ma nouvelle amie, m'a proposé de rentrer dans le supermarché, mon cœur s'est mis à battre la chamade.

— Pourquoi es-tu crispée ? s'est-elle étonnée. Avance, le vigile à l'entrée ne va pas te mordre !

Bien sûr qu'il n'allait pas me mordre, mais je redoutais qu'il ne se souvienne que j'étais avec le groupe des voleuses et qu'il ne m'interdise l'entrée du supermarché. Du moins, c'est ce que je pensais. Poussée par Stacy, je me suis avancée prudemment, et je me suis rendu compte que le vigile n'était plus celui qui avait chopé les filles pour vol à l'étalage. Rassurée, j'ai suivi mon amie, et j'ai repris confiance : je pouvais désormais venir tous les jours dans ce supermarché, et autant de fois que je le voulais, sans craindre d'être montrée du doigt ou d'être interrogée par les regards suspicieux du personnel.

Quelques semaines passent. Stacy devient une sorte d'échappatoire pour me soustraire aux paroles nuisibles qui survolent ma tête. Je passe le plus de temps possible avec elle. Nous nous attendons à la sortie de l'école, nous nous promenons dans les rues de Waterloo, puis nous restons assises à la gare jusqu'à ce que mon train arrive. Quand celui-ci démarre, elle agite les mains pour me dire au revoir jusqu'à ce qu'il disparaisse de son champ de vision, puis elle part à son tour. Lorsque je lui ai demandé pourquoi elle ne rentrait pas tout de suite, elle m'a répondu : « Parce que j'habite à Waterloo. »

Si Pascal est à la maison quand j'arrive, il me dit que la tristesse qu'il lisait dans mes yeux s'est transformée en une lueur d'espoir.

— Comment va ton amie texane ? me questionne-t-il pour entamer la conversation.

Il se rend probablement compte que c'est le seul moyen que j'ai d'égayer mes journées. En effet, Stacy me parle de la culture texane, de ses loisirs, de sa famille, de son école, de ses amis. En revanche, moi je n'ai rien à lui raconter au sujet de ma vie d'ici. Bien sûr que je n'allais pas lui détailler les souffrances et les humiliations que je subis quotidiennement. Mais je lui décris ma culture africaine qu'elle compare à celle des Afro-Américains.

— Elle va très bien, réponds-je. Je ne pensais pas te trouver à la maison.

— Linda m'a dit qu'elle passerait à la maison pour qu'on aille ensemble chez Pascaline, dit-il.

— Ah bon !

Puis je secoue la tête pour signifier ma déception.

Toutefois, s'il se sent mieux là-bas, cela m'évite les querelles. Au moins, j'ai un répit. Et je me suis habituée au fait que Pascal fasse des allers-retours entre Ixelles et la maison.

Nous sommes en mai. Stacy est rentrée dans son pays. La solitude s'est de nouveau emparée de moi. J'ai recommencé à déambuler sur le quai de la gare. À l'école, je ne peux que sentir le chagrin m'envahir. Et à la maison rien n'a vraiment changé. Comme dirait Opah, je me suis formée à la vie… enfin, presque ! La commune d'Anderlecht n'est pas difficile à connaître, je l'ai adoptée et elle m'a adoptée.

Mais un jour où je suis seule à la maison, le facteur sonne à la porte : il a un courrier recommandé pour Pascal. Étant l'épouse de celui-ci, je signe et je prends la lettre pour la déposer sur la table du salon. Puis je remarque qu'elle vient de la Côte d'Ivoire : l'expéditeur a bien noté son nom. Ma curiosité me pousse à l'ouvrir vu que je suis dans mon bon droit de lire le courrier de mon mari :

Mon très cher époux,

Je t'écris ce petit message pour te demander comment tu vas avec les enfants. Jusque-là, je n'ai toujours pas reçu de réponse à tous mes courriers. Je reçois seulement les courriers des enfants qui me disent que tu as déjà mis cette sorcière que tu as appelles ton épouse à l'écart : c'est déjà une très bonne chose, je vois que tu suis bien mes conseils. Quand elle comprendra que ce n'est pas sa place dans cette maison, elle prendra ses cliques et ses claques pour vous laisser vivre tranquilles. Vos biens seront protégés et par la même occasion la maison sera paisible. Je suis contente que mes enfants suivent mes consignes de faire déguerpir cette petite écervelée et opportuniste de la maison. Elle comprendra que sa place n'est pas là, et elle n'en aura pas pour longtemps dans cette maison. Je suis bien déterminée à participer à son renvoi et je suis heureuse que tu sois du côté de tes enfants. Là, nous formons une belle équipe, une famille soudée. Que croyait-elle ? Que tu allais prendre son parti et laisser tes enfants ? Faites-lui en voir de toutes les couleurs ! Je vois que nos plans marchent, oui, nos plans marchent à merveille. Le jour où elle quittera cette maison, elle ne sera plus que l'ombre d'elle-même. Elle rentrera dans son pays natal, rejoindre la misérable vie qui l'attend. Une fois qu'elle y sera, les gens se moqueront d'elle, et comme son moral sera démoli par vos agissements, elle ne le supportera pas et rejoindra ses parents qui l'attendent dans un cimetière : c'est là-bas qu'est sa place.

Nous formons une très belle équipe.

Sur ce, je te quitte en attendant ton prochain courrier.

Ta Delphine, la mère de tes enfants

Mon cœur n'a fait qu'un tour douloureux. Je m'assieds sur une chaise avec difficulté, mes pensées tournent dans ma tête comme une horloge dont l'aiguille s'affole. Je n'en crois pas mes yeux. Pascal complote dans mon dos ? Lui qui voulait une famille unie et heureuse ? C'est une famille en lambeaux qu'il me réserve avec ses enfants ! Mon Dieu, mais quelle famille voulait-il lorsqu'il me disait de le défendre devant ses médecins ? Et moi qui suis restée sur le banc des accusés devant ces hommes en blouse blanche… Je ne trouve pas de mots, tel un poisson dans un bocal. Je me perds dans mes pensées qui s'effilochent dans ma tête, impossible de réfléchir…

Lorsque Pascal rentre à la maison, il me voit en pleurs mais cela ne l'émeut pas. Il me lance :

— Je vais chez mon père !

Puis il me claque la porte au nez.

Je comprends son envie subite d'être avec ses enfants chez Pascaline. Ses paroles ont tout à coup changé, alors qu'il me promettait : « Je serai à tes côtés et, ensemble, nous améliorerons l'éducation de mes enfants, enfin, le peu de temps qu'il reste jusqu'à leur majorité. » Mon Dieu, son attitude dit tout autre chose ! C'est cela avoir une famille unie ? Déserter la maison ? Je me pose toutes ces questions, mais la réponse tarde à venir… Me voilà la dinde de la farce, et personne ne peut me défendre. Je sais qu'Opah me dirait : « Non, ma fille, celui qui t'a créée sait et voit tout ce que tu vis. » Très bien mon cher Opah, ce que tu penses prendrait un sens si je n'étais pas dans cette situation. En attendant, celui qui m'a créée ne fait rien pour me protéger, alors vers qui dois-je me tourner, auprès de qui dois-je me plaindre et d'ailleurs qui suis-je pour qu'il s'intéresse à ma petite personne ? Oh ! je prends ma tête entre les mains, je ne peux pas me concentrer, tout tourne autour de moi… Opah, pourquoi m'as-tu quittée si tôt pour que je me retrouve seule dans un pays qui n'est pas le mien ? Voici sa réponse : « Ma fille, la terre appartient à ton Créateur. Sache que où que tu te trouves, invoque son nom et tu ne seras plus seule. » Néanmoins, la seule chose qui me vient à l'esprit, c'est comprendre pourquoi Pascal a ce comportement à mon égard.

Je suis assise depuis longtemps, l'esprit envolé, quand la locataire, madame Delarieu, et son fils Mathieu, son cartable à la main, viennent toquer à ma porte, la mine sombre. L'air perdu, j'ouvre la porte.

— C'est peut-être trop vous demander... hésite madame Delarieu. Je m'en excuse déjà avant de commencer... Madame, je voudrais que mon fils m'attende chez vous de temps en temps lorsque je ne suis pas chez moi. Mais si c'est trop empiéter sur votre temps considérez que nous n'en avons jamais parlé.

L'esprit encore ailleurs, je n'arrive pas à comprendre ce qu'elle me dit. Je fixe un seul endroit de la pièce, tel un chien battu. Elle me regarde d'une drôle de manière.

— Madame Bourgeois, est-ce que ça va ? me demande-t-elle un peu gênée.

Je reviens soudain en moi lorsque je sens ses mains caresser légèrement mon visage, et je réalise que la locataire et son fils sont debout devant moi. Comment sont-ils arrivés là, je n'en sais rien. J'ai ouvert la porte sans m'en rendre compte. Je réponds avec un semblant de sourire :

— Tout va bien...

Elle me demande de nouveau s'il est possible que je garde son fils, tout en se confondant en excuses.

— Mais oui madame, c'est une bonne idée, je peux le garder quand vous n'êtes pas à la maison.

Heureuse de ma réponse, elle m'enlace et remonte dans son appartement.

Le lendemain, le petit Mathieu est là. Les trois soirs suivants, il a presque élu domicile dans notre salon. Sa mère vient le chercher parfois très tard. Je m'habitue à sa présence : après l'école, vers dix-sept heures, il m'attend dans le salon. Quelques rares fois, il rentre dans son appartement après m'avoir avertie. Il est timide pour un enfant de son âge, il parle peu. Une seule fois, il a évoqué son père, un Suisse, divorcé de sa mère. Le garder avec moi permet à sa mère de vaquer à ses activités.

Un matin, les cheveux en bataille, madame Delarieu vient sonner chez moi. Je lui demande :

— Comment ça va, madame Delarieu ?

— Oh ! madame Bourgeois, comment voulez-vous que ça aille avec ce soleil ? Vous y êtes habituée vous, n'est-ce pas ? me répond-elle.

Je m'exclame en essayant de cacher mon chagrin :

— Oh oui ! Le soleil apporte de la gaieté !

— Ça dépend de quel état dans lequel on se trouve...

— Oh... madame Delarieu, qu'est-ce que vous voulez dire ?

— Mathieu est couché, il a de la fièvre, il ne va pas très bien, lâche-t-elle péniblement. Nous sommes samedi, et j'ai une cliente qui refuse que je prenne mon week-end parce que mon travail est en retard...

À peine a-t-elle sa phrase que je m'écrie :

— J'irai le voir, ne vous inquiétez pas !

Elle m'enlace longuement puis, tout à coup, nous nous mettons à pleurer.

— Je sais que vous vivez le martyre, madame Bourgeois : les cris, les pleurs, les hurlements, les claquements de portes… Mais je ne peux pas m'en mêler. Comprenez-moi, je suis en location chez votre mari.

— Et vous, pourquoi pleurez-vous ?

Madame Delarieu se met à sangloter plus fort. Oh mon Dieu, je ne suis pas la seule à verser des larmes ! Pourquoi devons-nous tant pleurer ? Opah disait parfois que pleurer est bienfaisant, cela soulage la conscience. Mais qu'avons-nous fait de mal pour que notre conscience se libère ? C'est à cet instant qu'elle m'avoue :

— J'aurai du mal à payer mon loyer… Le père de Mathieu refuse de payer la pension de l'enfant, et les revenus de mon travail de décoratrice ne sont pas suffisants : les clients ne se bousculent pas, alors, je dois travailler aussi les jours fériés.

Je comprends maintenant pourquoi elle m'a demandé de garder son fils : la dame chez qui elle le déposait lui prenait de l'argent. Petit à petit, nos pleurs cessent car les larmes ne peuvent plus sortir. Et puis cela ne sert à rien, il faut faire face à la réalité.

Madame Delarieu m'invite à l'accompagner dans son appartement. Quelques instants plus tôt, j'envisageais de mettre sous le nez de Pascal le courrier de la mère de ses enfants. Mais le petit Mathieu a besoin de mon aide, mes plaintes peuvent attendre. Quand je rentre dans la cuisine de l'appartement du premier, une porte claque : madame Delarieu vient de partir. Quelques minutes après, vêtu d'un pyjama sale et défraîchi, Mathieu surgit.

— Tu sais où est maman ? me demande-t-il.

Il semble affaibli. Son visage est pâle comme le lait tourné. Je réponds :

— Elle vient de sortir.

— Elle est partie ?

— Oui, j'étais à l'instant avec elle... dis-je dans un murmure tout en balayant la cuisine des yeux.

Ce que je vois ne me donne pas la force de continuer la conversation avec Mathieu. La cuisine, oh mon Dieu, un vrai champ de bataille ! Des verres, des couverts, des assiettes dégoulinantes de gras, remplies de reste de nourriture, traînent dans l'évier. Rien n'a été lavé depuis des jours ! Le sol maculé de boue et de traces de pas est dégoûtant. Un seau rempli d'eau sale, une poubelle qui n'a pas été sortie depuis des semaines, et des mouches qui s'en donnent à cœur joie... Je sors de là pour prendre un peu d'air, en espérant que les autres pièces sont mieux tenues. Or c'est le pire qui m'attend ! La chambre de madame Delarieu est d'une crasse répugnante : les vêtements sont jetés pêle-mêle, l'armoire est remplie de boîtes de chocolats vides et de cartouches de cigarettes, le cendrier n'a pas été vidé depuis des jours.... Et dans cette chambre sombre, tout ce chaos semble n'avoir jamais vu le soleil. Je m'empresse de sortir parce que j'ai l'estomac au bord des lèvres. J'évite de montrer le malaise que je ressens tout à coup au petit Mathieu qui me suit depuis tout à l'heure. Il m'indique sa chambre, je le suis mais je reste sur le pas de la porte. Ici aussi, la surprise est de taille : le lit est mal fait, je vois des jouets partout sur le tapis, des habits sales portés plusieurs fois dégagent une odeur nauséabonde et de la nourriture gonfle dans un récipient posé au chevet du lit. Tout mon corps frémit de dégoût, il m'est impossible de dire un mot. Je vais dans la salle de bain : elle sent le renfermé et le moisi. La fenêtre qui donne sur la rue n'a visiblement jamais été ouverte. Oh mon Dieu ! Je comprends pourquoi madame Delarieu est arrivée les cheveux en bataille : elle est pleine de dépression… Comment peut-on en arriver là ? vivre dans ce dépotoir ? Il m'est vraiment impossible de voir cet appartement dans un état aussi déplorable plus longtemps.

J'interroge nerveusement Mathieu :

— C'est dans ce dépotoir que tu vis ?

Il approuve en hochant la tête.

— Très bien mon petit Mathieu, on va commencer par aérer ta chambre et mettre de l'ordre, puis nous rangerons la cuisine et nous terminerons par la chambre de ta mère. Et tu verras que tu ne seras plus malade.

— C'est vrai, je ne serai plus malade après le rangement de ma chambre ?

— Oui, tu verras, tu seras guéri.

Nous nous mettons à astiquer tout l'appartement avec enthousiasme. L'enfant est si content de faire le ménage avec moi qu'il oublie qu'il est malade. Vers dix-sept heures, c'est terminé.

— Youpi ! Je ne suis plus malade ! s'exclame Mathieu. Maman sera contente quand elle rentrera à la maison.

Je mets une musique qui donne envie de danser. Mathieu suit le rythme, nous répétons le refrain de la chanson tout en faisant à manger. L'enfant semble complètement rétabli, il ne se plaint absolument pas. Quelques heures plus tard, alors que nous sommes assis tous deux devant la télévision, nous entendons madame Delarieu qui rentre.

— Waouh ! C'est vous qui avez fait tout cela ? L'appartement est méconnaissable...

Mathieu lui saute au cou.

— Tu vois maman, je ne suis plus malade ! C'était toute cette saleté accumulée qui m'avait rendu malade. Maintenant un nouvel air souffle dans l'appartement.

Puis il descend et vient sauter dans mes bras.

— C'est avec elle que j'ai rangé tout l'appartement. S'il te plaît maman, promets de le garder propre ! supplie-t-il.

— C'est promis mon chéri, assure madame Delarieu.

Peut-on expliquer à un enfant ce que l'on vit ? Je crois que non, parce qu'il ne comprendrait pas. Pour lui, un parent est à la fois une protection, une sécurité, un édifice sur lequel il peut s'appuyer, sur lequel il compte pour faire ses premiers pas dans ce bas monde. La mère de Mathieu ne peut pas lui dire ce qu'elle vit, c'est pour cela qu'elle se laisse aller à la dépression, et tout s'écroule autour d'elle comme un château de cartes. Je fais un clin d'œil à l'enfant. Rien à faire, il parle sans cesse à sa mère d'un ton accusateur. Soudain, celle-ci fond en larmes. Décidément, cette journée était mal partie, parce que je pense que le nettoyage de l'appartement n'est pas la raison de ses pleurs.

Je fronce les sourcils d'un air interrogateur.

— J'aurais du mal à vous payer, madame, me dit madame Delarieu. Je vis des moments difficiles en ce moment, et pour tout ce que vous venez de faire, je ne sais quoi faire… Merci, merci encore, vous êtes une personne aimable et si généreuse !

Je rétorque vivement :

— Oh non, je ne l'ai pas fait pour que vous me payiez ! Je suis désolée, mais il est impossible pour moi de vivre dans une telle porcherie. L'enfant a besoin d'habiter dans un endroit propre et sain, où l'air est respirable, pour se sentir mieux.

Sur ces paroles, je prends congé. Je ne me suis pas rendu compte des heures passées chez madame Delarieu, et les problèmes que je n'ai pas encore réglés me rattrapent. Assise dans le salon, j'attends Pascal qui n'est apparemment pas revenu depuis qu'il est parti chez son père. Le soleil s'éteint peu à peu. Je m'arme de patience pour en découdre avec Pascal qui m'avait tant promis de me protéger contre tous. Vers vingt-trois heures, il pointe enfin son nez.

— Tu n'es pas encore au lit ? me demande-t-il. Tu as ouvert le courrier qui ne t'était pas destiné, n'est-ce pas ? Maintenant tu sais tout.

— Qu'est-ce que je suis censée savoir ?

— Ce qui est écrit dans le courrier, répond-il.

Je hurle :

— Pourquoi tu me fais ça ? Tu as promis d'être à mes côtés, de me soutenir ! Pourquoi ce revirement soudain ?

— Pour mes enfants, réplique-t-il.

— Ben alors, pourquoi tu ne nous unis pas au lieu de nous diviser ?

— Je protège mes biens, rétorque-t-il.

Je reprends doucement :

— Tes biens ? Mais quels biens ? Et d'ailleurs, combien de courriers abjects as-tu reçus ?

— Au moins une centaine ! Il y a tous les courriers qu'elle fait passer par la boîte de Pascaline à Ixelles, et quand le temps me le permet, je vais les récupérer chez elle.

Oh mon Dieu ! Je me rends à l'évidence : nul doute que Pascal est complice avec mes bourreaux... Il sort alors d'un sac en tissu toutes les lettres que la mère de ses enfants lui a adressées et les jette sur la table, sous mes yeux ahuris. Mon cœur ne fait qu'une pirouette, je me sens trahie jusqu'au plus profond de moi.

— Tiens, lis-les si cela peut te soulager ! lance-t-il avec arrogance.

Le désir de comprendre me force à ouvrir le premier courrier, qui date de septembre 1992 : mon premier mois sur le sol belge... Ce courrier était adressé à ses enfants :

Mes chers enfants,

C'est votre maman depuis la ville de Daloa. Je vous écris cette lettre pour vous dire qu'à compter de cet instant, vous n'êtes plus seuls dans la maison de votre père. Vous devrez maintenant faire très attention à tout ce que vous mangerez et vous toucherez. Cette maudite femme que votre père est allé chercher je ne sais où risque de vous faire la peau. Soyez donc vigilants. Contre toute attente, votre père, sans me demander mon avis, est allé se marier avec une arriviste écervelée, qui ne pense qu'à une chose : vous faire mal. Cette réincarnation de Lucifer n'attend qu'une seule chose : s'accaparer votre héritage. En tant que votre mère, de mon vivant, je ferai tout mon possible pour l'éliminer de la vie de votre père.

Avant que cela n'arrive, surveillez avec attention ce qui se passe autour de vous. Ce serait gentil de votre part de transmettre ce message à votre père pour que, lui aussi, s'en méfie.

Sur ce, tenez-moi au courant de tous les agissements de cette sorcière et surtout de tous les changements.

Delphine Tagro

XI

Eurodisney

Horrifiée à la lecture de ce courrier, je suis dans un état d'angoisse insoutenable. Il m'est impossible de placer un mot. Debout face à moi, Pascal me fixe sans m'adresser la parole. Tout mon corps tremble, je suis incapable de me tenir contre une chaise. Mon esprit s'est détaché de mon corps, je regarde dans le vide, un vide qui me rappelle ce que disait Opah : « Ma fille, le miroir reflète notre personne, notre image, ce que nous sommes et non ce que nous traversons. » Et il ajouterait : « Cette femme, c'est elle qui a fait le pacte avec le diable, c'est elle la sorcière, c'est sa méchanceté et son venin que son image reflète. Mais ma fille, affronte toutes les difficultés que tu rencontreras : plus c'est dur, mieux on apprend. Autrement dit, ce sont les difficultés qui font le chemin, et non le chemin qui font les difficultés. » Oh mon Opah ! Les larmes que j'appelle les gouttes d'humeur n'arrivent plus à couler. Mes yeux traversent un désert, un désert sans oasis. Ils ne sont pas noyés, j'ai laissé cette humeur limpide chez la voisine. Mon visage qui devait être baigné de tristesse est traversé d'un rire. Un rire d'appel au secours. Moi qui croyais avoir tout vu, même le pire dans l'appartement de madame Delarieu qui ressemblait à une porcherie, je viens de me voir propulser dans le même bateau qu'elle. Nos soucis ne sont pas les mêmes, mais nos cœurs sont tous deux anéantis. Elle dont le père de son fils ne paie plus la pension, elle dont les clients sont aux abonnés absents, elle qui, laissée à l'abandon, se laisse envahir par la dépression, elle dont le lieu d'habitation devient fangeux, malpropre, impossible à vivre… Dois-je faire comme madame Delarieu, me consumer à petit feu et attendre que la mort achève le travail déjà commencé ? Mon cœur saignera-t-il encore ? Oh mon Dieu, je ne sais vraiment pas ! Pascal avait promis devant les médecins et les assistants sociaux de nous unir, de jouer le rôle d'un père de famille et de donner à chacun de nous une protection de père et d'époux. Le bateau sur lequel nous sommes embarquées, la locataire et moi, dérive, et où allons-nous accoster ? Je suis anéantie. Soudain, contre toute attente, Pascal déclare :

— Tu peux les garder avec toi, si tu veux, et à partir de maintenant, je te donnerai tous les courriers et nous les lirons ensemble. Je promets de ne plus me comporter ainsi. Je suis désolé de m'être conduit comme un imbécile inconscient. Je ne voyais pas les dégâts…

Puis il m'aide à me lever de la chaise pour me faire asseoir sur le canapé-lit.

Comme disent les sages, la nuit porte conseil. Mais toute la nuit durant, je n'ai fait que me torturer de colère en tournant dans le canapé-lit comme un serpent qui cherche à recracher son repas mal digéré. Oui, mon cœur pleure de douleur, les questions défilent dans ma tête, je ne sais pas lesquelles choisir. J'en retiens quelques-unes : ai-je eu raison de lui faire encore confiance ? Faut-il que je lui redonne une chance ? Après des heures et des heures sans repos, de questions sans réponses, au moment où mes paupières allaient enfin se fermer, une voix grave résonne dans ma tête comme une cloche d'église. C'est Christophe qui hurle :

— Putain ! Lève-toi de là, il est neuf heures !

Je ne me suis pas rendu compte de l'heure. C'est vers cinq heures du matin que j'ai commencé à avoir sommeil. Et puis nous sommes dimanche : pourquoi se bousculer dans la cuisine qui nous sert de douche ? Je méritais bien cette grasse matinée après tout ce que je venais d'essuyer la veille. Mais c'était sans compter sur l'arrogance de Christophe qui me montre ma place dans la famille. Pour ne pas lui donner envie de m'insulter davantage, je lui demande :

— Où est ton père ?

— Je ne suis pas son gardien ! me rétorque-t-il.

Puis il arrache l'édredon qui me recouvrait et le jette par terre.

— Allez ! Tire-toi de là ! reprend-il en me poussant avec son pied pour me sortir du canapé-lit.

Ce que je fais sans hésiter pour me diriger vers la cuisine avec ma trousse de toilette. Le désert qui remplissait mes yeux quelques heures auparavant se transforme soudain en pluie diluvienne. Debout devant le robinet du lavabo, je pleure de nouveau comme si les larmes étaient devenues une symphonie pour moi, et comme si ne pas la jouer était perdre une partie de la musique. Enfin... une musique de tristesse ! Je ne sais pas combien de temps je suis restée dans cette cuisine, mais cela a dû durer une éternité parce que Christophe est hors de lui : selon lui, j'ai pris la cuisine en otage, et s'il n'est pas encore prêt pour sortir c'est parce que je l'empêchais de rentrer dans la pièce. Sa colère devient terrible, sa voix résonne comme un haut-parleur dans une fête foraine, cette voix odieuse qui crève mes tympans. Il est hors de question que je m'expose à sa rage de chien. Comment m'en sortir ? Dieu du ciel ! Faut-il que je m'excuse ? Et pourquoi ? Je n'ai rien fait de mal ! C'est alors que j'entends la voix de Pascal. Paniquée, je sors précipitamment de mon refuge. À la vue de son père, la voix de Christophe s'est évaporée.

— Je ne t'ai pas vu partir, dis-je à Pascal.

— Tu dormais comme un ange et je n'ai pas osé te déranger, me répond-il.

C'est la première fois que Pascal me parle si gentiment devant son fils pour me signifier qu'il est là pour me protéger.

Cependant, le regard méprisant de Christophe lui coupe la parole. Tout à coup, ce dernier le pousse violemment vers moi. Pascal trébuche et sa tête cogne la porte de la cuisine. Il passe la main sur sa tête, sans toutefois sermonner son fils. Quoi de plus normal que de lui laisser la place dans la cuisine ? Nous lui cédons le passage comme la mer Rouge l'a fait pour les Hébreux qui fuyaient l'armée de Pharaon en Égypte. Christophe peut maintenant occuper la cuisine tant qu'il veut.

Les minutes suivantes, l'atmosphère retrouve un semblant de calme et Pascal me propose de faire des courses. Nous nous rendons dans le supermarché proche de la maison pour approvisionner le réfrigérateur. Pascal me promet de ne pas aller chez son père et de manger ce que je cuisinerai. Puis il décide de rester à mes côtés pour éviter que Christophe revienne à la charge. Bien que cette journée n'ait pas commencé comme je l'espérais, sans hurlements et dans une bonne entente avec Christophe, c'est le contraire qui s'est passé. Toutefois, Pascal m'a redonné le sourire en demeurant avec moi, et la journée s'est bien terminée sans la présence des enfants.

Le lendemain, je dis à Pascal que j'aimerais passer une journée comme celle de la veille. Enthousiaste, il reste de nouveau avec moi et ne se rend chez son père que pour l'informer qu'il ne mangera pas avec lui. Il y trouve Christophe qui lui déclare qu'il ne viendra pas nous chercher des noises :

— Aujourd'hui, je ne viendrai pas vous emmerder, et je dors chez Papi.

C'est un matin ensoleillé. Comme Christophe n'est pas là, Pascal me propose d'aller à la laverie qui se trouve à l'angle du bâtiment. J'accepte parce qu'il y a beaucoup de lessive à faire vu que ces derniers temps ont été très mouvementés. La journée se déroulera enfin sans larmes ni hurlements. Et nos voisins qui ne m'ont jamais demandé pourquoi je pleure tant ne subiront pas nos querelles incessantes. À vrai dire, je ne veux pas d'un nouveau matin de pleurs et de remontrances. Que dois-je faire dans ce cas ? Opah me dirait : « C'est toi qui décides que ta journée se terminera bien ou mal, parce que chacun peut contrôler ses humeurs. » Ah ! sacré Opah, il réussit toujours à trouver les phrases pour chaque comportement. Mais comment contrôler mes réactions ? Comme d'habitude, je m'efforce de ne pas verser de larmes alors que mon cœur saigne de douleur, et j'essaie de remplacer celle-ci par de la joie grâce au soleil de printemps bien haut et brillant.

Après la laverie, une promenade s'impose. C'est ainsi que Pascal et moi prenons le chemin du parc Astrid. Nous restons assis sur un banc à regarder les passants, à entendre les aboiements des chiens poursuivis par leurs maîtres. Non loin de l'étang, trois personnes sans doute un peu paumées rôdent. À notre droite, des jeunes sont couchés sur la pelouse avec un bouquin à la main, des chiens errent tout seuls. Le doux soleil qui frôle ma peau me fait oublier la souffrance que Christophe et Linda me font subir quotidiennement. Dehors, je me sens en sécurité, mon esprit retrouve un peu de tranquillité. Ceux qui me regardent avec un sourire que je leur rends pensent le contraire, et mon père déclarerait : « Tu as tort ma fille, parce que la sécurité n'est nulle part : ni à l'intérieur, ni à l'extérieur. » Alors, où se trouve-t-elle, quoique chacun ait sa façon de voir les choses ? Je dois plutôt me réjouir de voir ce beau paysage de printemps dans le parc, les plantes et les herbes qui poussent et, par la même occasion, de pousser avec eux. Subitement, une idée me vient à l'esprit :

— Pascal, peux-tu me dire pourquoi tu n'as jamais réussi à t'imposer à tes enfants ?

— Tu veux savoir la raison ? me répond-il comme s'il avait quelque chose sur le cœur.

— J'aimerais tout savoir sur toi ! Tu sais, j'ai toujours rêvé de devenir écrivaine…

— Tu pourras écrire mon histoire, si je te la raconte ? me demande-t-il.

— Oh oui ! dis-je joyeusement.

C'est ainsi qu'un beau jour ensoleillé de juin Pascal me promet de me raconter son histoire. Lors de nos échanges épistolaires, je lui avais d'ailleurs confié que je voulais devenir écrivaine. Je lis dans ses yeux une lueur d'espoir. En son for intérieur, il doit penser : « Enfin une personne qui ne me prendra pas pour un fou à lier ! » Soudain, la confiance revient.

— Tiens ! Tu avais écrit cela dans plusieurs de tes courriers, devenir écrivaine... se souvient-il.

Je souris en lui demandant :

— Tu n'as pas oublié ?

— Bien sûr que non ! proteste-t-il. Je serais fier de te voir devenir écrivaine. Veux-tu commencer par mon histoire ?

Je réponds de nouveau avec excitation :

— Oh oui !

À dire vrai, je suis impatiente de savoir ce qui l'a rendu incapable d'affronter ses enfants, la société, et pourquoi il a été interné et il a menti.

— Alors dis-moi : quand seras-tu prête ? me demande-t-il.

Je m'écrie jovialement :

— Là ! Je suis prête !

— Mais tu n'as pas de quoi à écrire ! lance-t-il.

C'est vrai, je n'ai pas de quoi à écrire, mais nous avons mutuellement retrouvé confiance et une complicité vient de naître entre Pascal et moi. Je suis contente d'avoir ma première histoire à écrire, même si j'écrivais déjà des histoires dans mon journal personnel. Enfin, ce que je vivais avec mes frères et sœurs dans mon pays. Opah était fier de moi. Oh oui !

Je me souviens de cette fameuse nuit de réveillon de Noël : c'était une nuit claire et froide à la fois. Cette nuit-là était censée nous mettre en allégresse pour la naissance du petit Jésus. Les petits frères de ma mère, oncle Robert, oncle Joseph et oncle Esaïe avaient invité des amis et d'autres personnes qui croyaient au petit Jésus. Notre cour était remplie de tout ce beau monde lorsque les premiers chants furent entonnés à tue-tête par la chorale que mes oncles et leurs invités avaient formée. On les entendait à travers la porte, entremêlés avec les cris de mes sœurs jumelles. Elles s'étaient disputées, et leur petite querelle s'était transformée en crêpage de chignons. À cause de cette zizanie, les chanteurs durent s'arrêter. Certains invités en vinrent aux mains en voulant séparer les jumelles, d'autres prirent la poudre d'escampette en voyant que la rixe s'amplifiait. Les jumelles étaient très douées dans ce domaine ! La fête fut gâchée, mais j'avais fait mes choux gras de cette histoire en la racontant sous un gros titre dans mon journal : j'avais écrit que deux monstres s'étaient rencontrées pour pourrir le réveillon du petit Jésus.

Les oncles n'étaient évidemment pas contents, et quand Opah est rentré de son voyage chacun a voulu donner sa version car il avait eu vent de cette bataille dans sa cour. Si les voisins minimisaient l'affaire, les autres habitants l'avaient dramatisée ce qui avait affolé Opah.

L'une des jumelles avait mis la main sur mon journal, l'avait lu devant toute la famille et avait déchiré les pages narrant la dispute. L'autre avait ensuite purement et simplement confisqué mes stylos et jeté mon journal dans le feu.

— Comme ça, tu n'écriras plus des âneries à notre sujet ! avait-elle lancé.

Cette nuit où tout le monde devait se réjouir, elles n'avaient pas raté l'occasion de montrer ce qu'elles savaient faire en matière de boxe. Et elles ne m'ont pas ratée : la bastonnade fut mémorable !

Le lendemain, j'avais tout le corps courbaturé et mes yeux pouvaient à peine s'ouvrir. Je le reconnais, je n'y étais pas allée de main morte : je les dépeignais comme des êtres hideux, des monstres feignants à deux têtes car elles pouvaient changer d'humeur à chaque minute, je les comparais en quelque sorte à des sorcières de bas étage. Leur rage a été terrible, et Opah n'était pas là pour me protéger.

— Tu n'as pas été très tendre avec tes sœurs dans tes écrits, me dit mon père.

— Opah, c'est ce qu'elles sont que j'ai décrit.

— Ce sont tes sœurs, tu dois être beaucoup plus tolérante. C'est vrai, c'est ce qu'elles sont réellement. Mais il arrive parfois de contourner la vérité sans toutefois mentir. Ce que je veux dire, poursuivit Opah, c'est que tu peux transformer une phrase négative en une phrase positive, tout en gardant le même contexte. La phrase négative fait plus mal que la phrase positive.

En d'autres termes, il faut remplacer les mots méchants par des gentils parce que les mots sont parfois blessants, jusqu'à détruire les personnes visées. Opah disait toujours qu'un journaliste peut être un meurtrier au même titre que celui qui utilise les armes. Même s'il n'utilise pas d'arme pour tuer, ses propos sont capables de faire des ravages : la plume représente le fusil et les mots les balles. La plume peut être une arme redoutable quand celui qui l'utilise ne choisit pas bien ses mots pour faire passer son message. Alors, pour Opah, mes mots n'étaient pas bien choisis pour parler de mes sœurs, c'est pour cela que je subissais leur courroux.

La voix d'Opah résonne encore dans ma tête :

— Tu as eu tort d'agir ainsi envers tes sœurs.

Puis il a exigé que je m'excuse auprès d'elles. Elles ne méritaient pas mon pardon, mais je le fis à contrecœur.

Je ne comprenais pas ce que voulait dire mon père quand il déclarait que les mots peuvent être blessants voire meurtriers. Je pose la question à Pascal :

— Crois-tu que les mots sont aussi meurtriers ?

— Bien sûr ! lance Pascal. Ton père avait bien raison : les mots, il y en a quelques-uns qui sont parfois meurtriers, ça dépend comment tu les utilises.

Ah ! le bon vieux temps avec Opah, toujours à donner des leçons de vie et de sagesse… Est-ce que je pourrais faire la même chose avec Pascal qui décide de me raconter son histoire ? Je pense qu'il aura des mots doux pour décrire sa vie. Je suis contente d'ouvrir une nouvelle page de celle-ci pour mieux connaître l'homme avec qui je vis et comprendre pourquoi sa vie a basculé du jour au lendemain.

Cette promenade où nous nous promettons de prendre la défense de l'autre, de veiller l'un sur l'autre, est un nouveau départ pour nous. Et pour moi, se dessine le projet d'écrire la vie de Pascal. Bras dessus, bras dessous, nous nous dirigeons vers la maison.

Il est dix-huit heures. Toute à ma joie, je dresse la table pendant que Pascal est dans la cuisine à préparer un plat avec du pain et du jambon. En posant les assiettes, je tombe sur le brouillon d'un courrier de Linda adressé à sa mère, Delphine. Je l'ouvre délicatement sans faire de bruit pour ne pas éveiller la curiosité de Pascal et je le balaie des yeux. Oh mon Dieu, rien ne m'épargne dans cette lettre ! Linda écrit qu'elle paierait cher pour avoir ma peau, je suis traitée de monstre, de laide, de nulle à l'école, de profiteuse, et elle me charge de tous les péchés d'Israël. Elle explique à sa mère comment elle et son frère s'arrangent pour me rendre la vie impossible dans le but de me faire craquer, de me faire partir de la maison, ou, pire, de me faire enfermer dans un asile de fous comme leur père. Celui-ci en étant sorti depuis quelques mois seulement, c'est à mon tour d'y rentrer. Et elle donne les détails de chaque piège. Estomaquée, il m'est impossible de réagir à la lecture de ce brouillon, mais la curiosité accompagnée de dégoût me pousse à continuer la lecture. Chaque enfant a un rôle à jouer : Christophe a pour tâche de me crier dessus et de me bousculer tous les matins au réveil afin de m'empêcher d'aller à l'école ; quant à Linda, sa mission est bien rôdée : elle doit mettre le bordel dans la maison et me réduire à l'état d'esclave. Le temps que je passerai à nettoyer et à ranger la maison ne me permettra pas de réviser mes leçons : trop fatiguée, j'irai tout de suite me mettre au lit. Et ce n'est pas fini : Christophe doit faire du bruit pour m'empêcher de dormir et de me reposer de toutes ces corvées, ce qui provoquera des symptômes d'aliénation mentale. Anéantie par ce courrier, je me dirige vers Pascal et lui tends la lettre :

— Pascal, tu m'avais dit que tu t'en occuperais…

— Oui, mais je ne comprends pas cet acharnement, répond-il un peu embarrassé.

Puis il ajoute :

— Ne t'occupe pas de toutes ces mesquineries, elle est tout simplement jalouse. Et d'ailleurs, sa sorcière de mère qui entraîne ses enfants n'habite pas avec nous, laisse-la miauler.

Je me mets à hurler :

— Combien de temps va-t-elle miauler ? Combien de temps vas-tu te taire ?

— Laisse-moi faire, réplique-t-il mal à l'aise.

Je trouve son comportement blessant. Quand il me dit cela, je plie le papier et je le mets dans mon sac.

— Montre les courriers à l'assistante sociale, madame Renard, me suggère-t-il.

Et pour m'assurer qu'il est de mon côté, il me promet de me donner les autres courriers de la mère de ses enfants.

— Elle t'écrit les mêmes horreurs, et tu ne m'en parles pas ?

— Je ne voulais pas te heurter, se justifie-t-il.

Je lance :

— Eh bien c'est fait !

Durant les semaines qui suivent cette découverte, le courrier ne tarit pas. À croire que le facteur du quartier n'a que notre maison à servir. Au lieu d'être exaspérée, je prends du plaisir à les lire parce que Pascal me les donne. Quand je suis à l'Athénée, j'essaie d'oublier les querelles domestiques et les maux qui s'ensuivent, et quand je rentre de l'école, Pascal essaie à sa manière de soutirer un sourire de mon visage triste.

Je sais que mes bulletins scolaires ne seront pas meilleurs, étant donné mes absences, mes retards et parfois mes petites siestes en classe à cause de la fatigue accumulée la veille. L'ambiance à la maison est insupportable. Suis-je une damnée pour vivre un tel enfer ? Quelquefois, je pleure et je supplie le bon Dieu de m'épargner les brimades. Mais en quoi mes pleurs peuvent m'aider à me sortir de ces tourments ? À l'école, je n'explique mes souffrances à personne. D'ailleurs, à qui pourrais-je me confier ? Je suis rongée dans mon cœur et déchirée par le désir d'en finir avec cette vie qui n'a aucune pitié pour moi.

Un après-midi de pause, alors que je suis seule adossée à la porte de la salle de punition, l'éducateur, monsieur Martin Berger, se dirige vers moi. Je ne fais pas attention à lui. Je suis perdue dans mes pensées, mes pensées qui s'envolent vers une vie lointaine : voler au-dessus des océans et des mers, comme un oiseau, oui, voler en liberté. On dit souvent que les êtres humains c'est la raison et le libre arbitre, mais moi, est-ce que je possède cette raison et ce libre arbitre dans cette vie si amère ?

— Tu prends tes yeux pour une fontaine, à ce que je vois ! me lance monsieur Berger. Je te vois souvent pleurer au lieu de lire tes bouquins. Pourquoi ne fais-tu pas comme tes copains de classe, c'est-à-dire chercher un groupe d'amis, sortir avec ce groupe, faire des activités, aller t'amuser dans la salle de jeux. Tu verras ! Ça te fera oublier tes petites mésaventures du quotidien.

Puis il me regarde longuement et ajoute :

— Tu n'as rien à me dire ?

J'essuie rapidement mon visage d'un revers de la main et j'esquisse un semblant de sourire. Mais mon visage ne suit pas. Je suis encore sous le coup de la fatigue de la veille, et les injures qui résonnent sans cesse dans ma tête n'arrangent pas les choses. J'arrive cependant à me ressaisir pour bredouiller quelques mots :

— Non, non, tout va bien monsieur...

Je tremble de peur à l'idée de ce qu'il peut penser de moi. Néanmoins, sa question s'oriente vers mes parents en Afrique :

— Pourquoi pleures-tu tous les jours ? C'est une question d'habitude ou c'est la coutume de chez toi ? Je t'ai déjà fait la remarque. Depuis quelques temps, je te vois pleurer pendant que les copains de classe vont chercher leur casse-croûte. Toi, ce sont tes pleurs tes amis. Cela m'inquiète énormément... Tes parents te manquent, n'est-ce pas ? Je peux comprendre. Dans le passé, j'ai reçu deux élèves venus de l'ancien Congo belge. Ils pleuraient beaucoup aussi, à croire que ces élèves-là n'avaient que ça à faire. J'ai appris peu après qu'ils venaient de perdre leurs deux parents.

Puis il me regarde avec compassion :

— Tu les as aussi perdus, tes parents ?

Je ne réponds pas, et je fronce mon visage.

— Je peux comprendre que l'on soit loin des siens, mais de là à pleurer tous les jours, ça je ne peux pas le comprendre. Le dépaysement joue un rôle prépondérant : nombreux sont ceux qui ne réussissent pas à s'adapter, et ils retournent dans leur pays d'origine.

Et il ajoute :

— J'espère que tu ne fais pas partie des personnes qui abandonnent ? Je te conseille d'être plus en contact avec ta famille restée en Afrique, elle te motivera pour ta formation à l'étranger.

Oh mon Dieu ! Monsieur Berger qui ne s'est jamais intéressé à moi s'inquiète soudainement de mon sort. J'aimerais bien lui expliquer ce que je vis à la maison. Toutefois, je ne sais pas comment m'y prendre, par où commencer, ni comment il le prendrait. Mes lèvres tremblent, je parle dans ma gorge mais les mots n'arrivent pas jusqu'à ma bouche : ils ne sortent pas, tout simplement. Alors je le laisse s'éloigne de moi.

Nous voilà à quelques jours des vacances d'été. L'été, c'est une saison que je connais dans mon pays parce que le soleil brille tout au long de l'année, enfin presque. Si l'on enlève les quelques mois de saisons pluvieuses, nous vivons l'été au quotidien avec sa chaleur étouffante. Par contre ici, l'été qui commence en juin et finit en septembre procure excitation, joie et repos : en maillot de bain sur les plages, sous un grand parasol, humer l'air salé de la mer est beaucoup plus reposant qu'être sous pression au bureau.

C'est juillet, les travailleurs s'activent aux préparatifs des destinations paradisiaques où ils poseront leurs valises, se libéreront du stress, des tracasseries du travail et des paperasses de la bureaucratie. L'été accompagné de vacances, c'est aussi avoir du temps pour soi. Il paraît que les vacances sont obligatoires en Europe. Je lis les affiches souvent placardées sur les portes des épiceries, des boulangeries, des boucheries familiales et parfois même des petites librairies : « Nous sommes en vacances à partir de telle date, le commerce reprendra ses fonctions à telle date. » Il y en a même des pancartes sur des maisons : « Nous serons de retour en août prochain. » Je ne trouve pas ces choses chez moi. Le plus étonnant, c'est quand ils se ruent tous vers la mer, et parfois dans les pays chauds.

Pascal me parle souvent des vacances à la mer. L'année de mon arrivée, en octobre, il m'avait présentée à sa cousine, une certaine Pauline, qui habite dans le nord de la Belgique. Nous étions partis chez elle, à Ostende, mais pour nous ce n'étaient pas des vacances. Pauline est la fille de sa tante Mariette, la petite sœur de sa mère madame Breisteiner. Cette tante était la femme d'un des administrateurs du royaume de Belgique au Congo. Il était proche du gouverneur de l'époque. Les parents de Pauline avaient fait fortune au Congo belge où leur fille unique avait grandi. Elle raconte souvent à son cousin Pascal comment les domestiques et les indigènes obéissent aux ordres des patrons. Pascal m'en parle avec fascination. Avoir lui aussi des domestiques est l'une des raisons qui l'ont amené à mieux connaître l'Afrique et à y travailler.

Oh mon Dieu, c'était la première fois que je montais dans un train ! En ce mois d'octobre, il faisait encore un peu chaud, un soleil qui semblait obéissant faisait glisser ses rayons sur le corps comme une fraîcheur pâle. À la gare du Midi, Linda, Pascal et moi avons pris le train en direction d'Ostende, l'une des villes côtières du royaume. Ah ! la mer du Nord, la belle mer du Nord dont mon professeur de géographie me faisait réciter les pays qui la bordaient… J'avais vu l'océan Atlantique quand je m'étais rendue dans la capitale de mon pays. Je me souviens d'une gifle monumentale que j'avais reçue de ma grande sœur, parce que j'étais allée imprudemment me promener au bord de l'océan. Lorsque j'ai raconté comment les vagues essayaient de nous happer, ma nièce et moi, alors que nous ne savions pas nager, cette gifle, je l'avais bien méritée !

Cette fois, je n'allais pas à la mer pour admirer les vagues mais pour rendre visite à la cousine de mon époux. Pascal était heureux de lui présenter sa femme. Assise côté fenêtre, j'admirais les villes que traversait le train, je m'émerveillais de voir toutes ces belles maisons. Quelques heures plus tard, nous nous sommes retrouvés devant un immeuble au bord de la plage.

— C'est ici qu'elle habite avec son époux, me dit Pascal avec enthousiasme.

Puis il sonna. La voix d'une jeune dame résonna dans un mini appareil intégré à la sonnerie :

— Pascal, c'est toi ? demanda la voix.

À peine Pascal avait-il répondu que la grande porte d'entrée s'ouvrait. Nous prîmes l'ascenseur.

— Je crois que Pauline se trouve au sixième étage, murmura Pascal.

Quelques instants après, la cousine Pauline nous trouvait devant sa porte.

— Oh mon cousin Pascal ! s'exclama-t-elle joyeusement.

Elle ouvrit grandement ses bras pour l'embrasser.

— Tu n'as pas changé, pas une seule ride, et tu as toujours tes cheveux bouclés ! Rentrez.

Puis elle regarda Linda :

— C'est ta fille ? Qu'est-ce qu'elle est grande !

— Je te présente aussi ma nouvelle épouse, déclara Pascal.

Il me tira vers lui, et je tendis la main à cette gentille dame qui n'arrêtait pas de parler. Un jeune homme, grand, avec un petit bide, apparut à l'angle de la porte et s'avança vers nous, un petit garçon qui pleurait dans les bras. J'inclinai la tête en souriant pour le saluer.

— C'est mon époux, précisa la cousine en désignant du doigt le jeune homme qui essayait vainement de consoler l'enfant.

Elle prit dans ses bras le petit garçon qui se calma aussitôt. Nous nous assîmes autour d'une table, et le mari de Pauline nous servit quelques sodas et de l'eau. Puis la conversation tourna autour des aventures de Pascal, de son mariage, de ses enfants. Le visage de Pascal s'illuminait à chaque phrase, et je lisais dans ses yeux la joie de s'être marié.

Pauline nous invita à rester pour la journée, mais Pascal en avait décidé autrement :

— Je voudrais faire visiter la ville à ma chère épouse, et marcher le long de la côte.

— Certainement, approuva-t-elle.

Après cette longue discussion, Pauline me tendit avec bonté un chèque de trois mille francs belges, pour me féliciter de m'être mariée à son cousin.

— Voici ma participation à ton mariage, me dit-elle.

Je me confondis en remerciements.

Une fois dans l'ascenseur, Pascal me prit le chèque et m'assura :

— Je t'achèterai tout ce dont tu auras besoin.

Notre visite chez la cousine et la promenade à Ostende n'a duré qu'une journée. J'ai pu mettre mes pieds dans la mer du Nord pour sentir l'eau froide glisser le long de mes jambes. La ville est bien construite, avec ses immeubles vitrés en bord de mer. Sur le quai, j'ai vu le marché aux poissons, les petits navires de pêche et même un bateau de croisière qui était de passage. Ce fut une journée bien agréable.

Le lendemain, j'espérais avoir une journée sans problème : une journée qui commence par les courses pour remplir le frigo, parce que quand on se lève le matin, le premier souci est de se remplir l'estomac. C'est alors que j'entendis Linda dire à son père :

— Papa, il faut que tu m'achètes des chaussures.

— Tu as déjà des chaussures, répondit Pascal.

Elle montra un catalogue de chaussures à son père. Pascal le prit et le reposa sur la table sans y jeter un coup d'œil. Il est resté deux jours sur la table. Pascal était soulagé de ne plus en entendre parler.

Mais quelques semaines après, une rengaine commençait : c'était Linda qui ne cessait de dire à son père qu'elle n'avait pas assez de chaussures. Et comme il ne voulait pas l'écouter, elle mettait la musique à fond pour le faire céder.

— Papa, je t'ai dit la dernière fois que je n'ai plus de chaussures, répétait-elle.

Pascal n'a pas tenu tête à sa fille… Après sa virée au centre commercial de la place avec sa fille, j'ai vu Linda avec des chaussures toutes neuves aux pieds. Pascal avait pris les trois mille francs belges offerts par Pauline pour notre cadeau de mariage afin d'acheter des chaussures à Linda ! Pendant ce temps, moi, je portais des chaussures avec un gros trou dans la semelle, alors que le temps de ce mois d'octobre ne faisait pas de cadeau : c'était un automne froid et pluvieux, et les semelles des chaussures que je portais pour aller à l'école ressemblaient aux feuilles mortes qui tombaient des arbres. Un trou béant laissait passer l'eau glaciale, j'éprouvais des difficultés à marcher, et il m'arrivait d'avoir des crampes aux mollets et aux tibias tellement le froid qui raidissait mes orteils montait jusqu'à mes cuisses. J'avais peur de demander à Pascal une paire de chaussures, mais cette saison pluvieuse était l'occasion de le faire. J'ai donc pris mon courage à deux mains :

— Pascal, je voudrais des chaussures, lui dis-je en montrant ma semelle trouée.

— Oh ! s'exclama-t-il, le trou est impressionnant ! Malheureusement, je ne peux rien faire, j'ai dépensé le chèque de ma cousine pour acheter les chaussures de Linda.

Je protestai timidement :

— C'était pour notre cadeau de mariage…

— Oui, mais Linda avait besoin de chaussures et je l'ai lui ait achetées.

— Et moi alors ? L'armoire de Linda est pleine de chaussures !

— Toi, tu dois te débrouiller !

— Waouh ! cette petite peste a réussi à manipuler son père, me dis-je intérieurement.

Et c'est à cause de cette chipie que je n'ai pas pu bénéficier de mon cadeau de mariage ! L'argent était à Pascal et à moi, c'était à moi qu'il revenait, c'était moi qui étais mariée au cousin de Pauline et non Linda. La couleuvre ne passait pas, je ne digérais pas ce que Pascal venait de me faire parce que je devais continuer à porter mes vieilles chaussures trouées. Et j'ai compris que malgré ses promesses de protection, Pascal ne pouvait rien faire face à sa fille. Je suis quand même arrivée à passer l'automne avec ces chaussures, les pieds dans la boue quand il pleuvait, dans le bitume chaud quand le temps était ensoleillé, dans le froid quand il était glacial. Ça, ce fut un automne dur…

Un matin de brouillard, je croise monsieur Berger dans le couloir de l'école. Il me salue de la tête, je fonds en larmes. Tout étonné, il s'empresse de rentrer dans le bureau du proviseur. Depuis, je ne le rencontre presque plus. Sans doute s'est-il dit que lorsqu'il me croisait il me faisait pleurer. Les pleurs sont d'ailleurs devenus mon lot quotidien. Il ne s'approche de moi que les rares fois où il me voit rire et me dit d'un ton compatissant :

— Aujourd'hui, l'espoir a pris le dessus, n'est-ce pas ? Le temps me donnera raison, il prendra définitivement le dessus.

— Je l'espère monsieur…

À la maison, le chagrin se lit chaque jour davantage sur mon visage. Pascal décide un jour de me faire rire à sa manière.

— Que penses-tu de passer des vacances à Eurodisney ? me lance-t-il joyeusement. Tu verras, ça te plaira.

— Eurodisney ? je répète.

Puis un petit sourire triste se dessine sur mon visage.

— Allez voyons ! Ce sont les vacances, ça te changera, insiste-t-il. Je comprends que la visite en octobre de l'année dernière chez ma cousine Pauline n'a pas été reluisante, mais c'est été, tu verras, Eurodisney te plaira.

Pascal veut se faire pardonner le chèque de la cousine Pauline en octobre dernier. Comme c'était sa fille qui avait fait son numéro pour en profiter, j'avais été privée de belles choses. Quand je suis arrivée en Belgique, Linda et sa sœur Pascaline avaient dit à leur père de m'amener dans des magasins de vêtements de seconde main. Ce qu'avait fait Pascal. Mais bon, je ne comprenais pas ce que ça signifiait lorsque je suis rentrée dans ce magasin qui se trouve non loin de la station de métro Madou. Dans la vitrine, je voyais des vêtements exposés et quelques friperies. Je déambulais dans le magasin avec Pascal, et des personnes démunies comme moi cherchaient leur bonheur entre les cintres et des boîtes à chaussures. Il y avait rien de brillant, mais Pascal m'avait affirmé que c'étaient les seuls magasins à Bruxelles. J'ai pris ce jour-là un manteau vieux comme les roues d'une voiture usée et quelques pull-overs pour affronter l'automne et l'hiver.

C'est au mois de novembre, trois mois après mon arrivée, que j'ai appris qu'il y avait des centres commerciaux où l'on trouvait des magasins de vêtements neufs. Quand j'ai confronté Pascal à ses mensonges, il m'a avoué qu'il avait fait cela sous la pression de ses enfants, mais son explication ne m'a pas convaincue. Cependant, je ne lui en ai pas tenu rigueur, parce que je pensais avoir l'occasion d'aller dans un centre commercial pour m'offrir quelques vêtements tout neufs avec les trois mille francs belges de la cousine Pauline. J'ai été effondrée quand Pascal m'a déclaré qu'il n'avait plus rien sur lui... Nous sommes revenus dans le magasin de seconde main pour acheter de nouveau quelques pull-overs d'hiver en prévision du froid qui s'annonçait. « En attendant, m'avait dit Pascal, prends ton mal en patience jusqu'à ce que tout redevienne comme je l'ai imaginé. » Je ne sais pas ce qu'il avait imaginé, mais j'osais croire que serait en ma faveur. Et depuis ce jour, je n'ai plus remis les pieds dans ce magasin du tiers monde. Ah ! toute cette humiliation doit peser sur la conscience de Pascal. Alors pour redorer son blason, il me propose de partir en vacances à Eurodisney. Je lui saute au cou et je lui demande :

— Comment comptes-tu financer nos vacances ?

— Je vais écrire à mon administrateur provisoire, maître Wielemans, j'espère qu'il le financera. Je lui dirai que ce sera notre lune miel, répond Pascal.

Après tout, il a raison de nous offrir des vacances, parce que depuis mon arrivée nous nous contentons de nous promener dans les différents parcs de Bruxelles. Et lorsque nous avons l'occasion de sortir de la ville, nous allons à Namur, où sa mère a grandi, ou à Louvain où il se promenait jadis seul, sans amis, quand il était étudiant. En quelques semaines, il m'a fait visiter quelques villes de Belgique en voiture, puis en train, parce qu'un ami de Christophe à qui ce dernier avait prêté la voiture l'avait accidentée. Maître Wielemans avait alors décidé de la vendre aux enchères sans toutefois la remplacer. C'est ainsi que tous nos voyages se faisaient en transports en commun. Et d'ailleurs, c'est aussi bien de prendre le train parce que je peux admirer la beauté du paysage.

La tristesse que je traîne depuis quelque temps se transforme en curiosité et en un début de joie. Quand Pascal m'annonce vouloir passer des vacances en France, c'est pour moi partir à la découverte de la grande France, celle que l'on m'apprenait dans les cours d'histoire : la France de Louis XIV, la France des Lumières, La France de la Révolution, la France de Jeanne d'Arc, la France de Napoléon… Ma joie s'explique aussi par le fait de me retrouver loin du tumulte et des querelles sans fondement des enfants de Pascal.

Le lendemain, Pascal écrit à son administrateur provisoire des biens. La réponse ne se fait pas attendre : elle est positive. Nous sommes fous de bonheur !

Deux jours après, Pascal et moi, nous nous préparons pour la France. Nous prenons le train vers six heures du matin pour arriver à neuf heures. Ces trois heures de voyage se déroulent très bien. Nous descendons à la gare du Nord. Oh mon Dieu ! Voici la grande France ! La gare est bondée de monde, j'affronte une foule de voyageurs qui se ruent je ne sais où. Nous nous dirigeons vers la sortie, mais il nous semble que nous repartons d'où nous venons. Pascal accoste un jeune homme qui nous indique avec un accent anglais la sortie du métro vers Marne-la-Vallée où Pascal a fait la réservation de notre hôtel. Oh ! je ne suis pas habituée à voir autant de monde courir derrière les bus, les taxis et le métro. Je me fonds dans cette grande foule qui m'impressionne, et occupée à batailler pour trouver la station de taxis, je ne fais pas attention à Pascal qui m'attend déjà dans un taxi. Apparemment, il connaît bien Paris. Le taxi se dirige enfin vers notre hôtel.

Il est onze heures, nous décidons de visiter Paris. Le réceptionniste de l'hôtel nous donne un plan de la ville. Joyeuse, je demande à Pascal de visiter d'abord la tour Eiffel.

— La tour Eiffel, on la verra en dernier, me répond Pascal.

Cette tour Eiffel, elle m'a fascinée durant toute mon enfance, car je la voyais dans des films et des documentaires. Le réceptionniste nous indique ce qu'il faut faire, vers où nous diriger et surtout par quoi commencer. Je marche aux côtés de Pascal comme une campagnarde déracinée, je regarde partout autour de moi, émerveillée par tous ces monuments. Bien que Bruxelles n'ait rien à envier Paris, les édifices parisiens sont beaucoup plus grands.

La première visite que nous projetons de faire est celle du musée du Louvre. Mais nous ne rentrons pas, parce que Pascal refuse de patienter dans la file d'attente, trop longue. Les entrées des autres musées étant aussi bondées, nous optons pour une promenade dans Paris. Nous allons admirer les Champs-Élysées, l'Arc de Triomphe et le Sacré-Cœur. Quant à la tour Eiffel que nous avions décidé de visiter, nous l'avons aperçue de loin parce que nous n'avons pas vu le temps passer.

Il est vingt heures, et devant le Sacré-Cœur je rencontre l'une de mes tantes par alliance. Je lui présente Pascal. La tante Héloïse est la petite sœur de papa Latte, le mari de maman Bernadette Fatou. Les retrouvailles sont joyeuses car cela fait pas mal de temps que je n'ai pas vu cette tante qui a accueilli chez elle Christelle, ma nièce par alliance. Elle nous invite chez elle, au Blanc-Mesnil. Christelle vient avec nous, et nous nous rendons à Notre-Dame de Paris. Mais faute de temps, la visite n'est que de courte durée.

À vingt-trois heures, nous sommes de retour à l'hôtel. Pascal reprend le plan de la ville, puis le plan du parc Eurodisney. Il m'indique les différents endroits du parc où nous allons passer.

Le lendemain, au lever du soleil, j'ai le cœur léger. Cette visite à Eurodisney me fait presque oublier les brimades quotidiennes, les injures à répétition et mon asservissement à la volonté des enfants. Oh oui, je savoure les moments paradisiaques que je passe dans ce parc ! En mon for intérieur, une petite voix me dit : « Tant qu'il y a la vie, il y a de l'espoir. » Je suis en vie, et l'espoir est là, devant moi : je me vois renaître parmi les poupées géantes, les châteaux de fées et les figurines des films de Disney. Comme une petite fille, je parcours cet endroit féerique rempli de joie et de rires. Je suis beaucoup plus enthousiaste et excitée qu'un enfant qui vient de recevoir son premier cadeau d'anniversaire, je déambule dans le parc comme dans un magasin de jouets. Ce n'est pourtant pas un magasin de jouets, tout est bien réel ! Je vois Blanche-Neige, Mickey, Pluto et Dingo, je prends même quelques photos avec des poupées féeriques... Puis je me crée un monde imaginaire, un monde dans lequel nous pouvons avoir un amour incommensurable, un amour infini, où les humains ne se font plus de mal, ne se haïssent plus, où la barbarie n'existe pas, un monde d'unité et d'harmonie où nous cultivons ensemble la paix et une justice équitable. Hélas, je me trompe, dirait Opah, parce que les humains se seraient ennuyés car en réalité nous sommes différents : différents de caractères, de comportements, de visions. Et la différence, qui est censée apporter la curiosité de l'autre, apporte plutôt la barbarie et son lot de haines. Oh mon Dieu, qui suis-je pour te contrarier ? Alors je m'incline et je te laisse juger... Perdue dans mes pensées, je sens une main sur mon épaule.

— Il commence à se faire tard, nous devons rentrer à l'hôtel. Demain, nous repartons à Bruxelles, dit Pascal.

Je sens comme un coup de massue sur la tête, la peur revient frapper à la porte de ma poitrine et je frissonne de tout mon corps.

— Tout va bien ? m'interroge Pascal.

Nous pressons le pas pour attraper un taxi qui nous dépose à une station de métro. Oh mon Dieu ! L'idée de quitter cet endroit féerique pour rentrer à Bruxelles me rend fébrile. Toutefois, je prends mon courage à deux mains et je fais ma valise tout en tremblant comme une feuille d'automne qui va tomber au moindre coup de vent. C'est à ce moment-là que Pascal me dit…

— Je comprends ta réaction, mais ils sont aussi en vacances comme nous…

C'est vrai que quelques jours après la réponse de maître Wielemans, Linda a décidé à son tour d'aller en France, mais chez des amies dans le sud. Christophe, quant à lui, s'est rendu en Allemagne chez un des copains avec qui il a l'habitude de faire de sales coups nocturnes. C'est ainsi que, pour la première fois, la maison est devenue un désert de calme pour le plus grand bien des voisins. Restera-t-elle un lieu paisible pour moi, quand nous serons tous de retour ? Cela est à voir…

XII

Isolement

Notre retour de Paris n'est pas de tout repos. Nous sommes fin août et il fait encore chaud. Bientôt la rentrée scolaire... Mon retour à l'Athénée ne m'enthousiasme pas, étant donné mes résultats qui sont loin d'être une réussite et la longueur du trajet : courir derrière le tram pour la gare du Midi puis prendre le train m'est insupportable. Évidemment, avec ce que je subissais quotidiennement, cela ne pouvait que faire régresser mon niveau scolaire. Pascal décide donc de m'inscrire dans une des écoles de Bruxelles. Il choisit celle où se trouvent ses deux filles avec l'idée que ce rapprochement pourrait apaiser les tensions continuelles à la maison. Je sais aussi qu'il vit mal ce tracas, mais sa maladie et ses médicaments l'annihilent. Le pauvre ! Il est entre le marteau et l'enclume. Comme solution à sa survie, comme il a l'habitude de dire, il sort pour aller se réfugier chez son père lorsqu'il y a tout ce tintamarre à la maison.

— Mon Dieu ! J'ai évité le pire, s'exclame-t-il parfois.

Je lui lance à la figure :

— Tu es un lâche !

Pour toute réponse il me sourit et s'approche de moi :

— Tu sais, je préfère être à l'écart que prendre parti.

— Tu es le chef de famille : pourquoi ne joues-tu pas ton rôle ?

Tout à coup, il renverse tous ses médicaments sur la table : toutes ses pilules, de toutes les couleurs, sont étalées là, devant mes yeux.

— Regarde toutes ces merdes ! Ce sont toutes ces merdes qui me mettent dans cet état ! Je suis incapable de me défendre, tu vois, je suis mou et je suis devenu très paresseux, je n'ai plus d'énergie pour défendre qui que ce soit…

Puis des larmes coulent sur ses joues.

— Pourquoi as-tu dit aux médecins que tu allais bien ?

— Je ne voulais pas rester dans cet asile de fous tout le restant de ma vie en sachant qu'on m'y tue à petit feu.

— Mais, dis-je timidement, c'était pour ton bien…

— Quel bien ? hurle-t-il en sanglots.

Je le prends dans mes bras. Il s'assoit à côté de moi, reprend ses esprits, et quelques instants après me regarde de nouveau :

— J'ai appelé la directrice d'une école à Molenbeek, l'institut des Ursulines. Je lui ai parlé de toi.

— Attends ! Ce n'est pas l'école où vont tes filles ?

— C'est bien l'école où vont Linda et Pascaline.

Je crie :

— Eh ben dis donc ! Tu as osé faire ça, avec tous ce que je vis avec Linda à la maison ? Tu expatries nos querelles domestiques ? Que diront ces personnes-là, dehors, quand elles sauront ce qui se passe ici ?

— J'ai décidé ainsi, et je ne peux plus faire marche en arrière, me réplique-t-il mal à l'aise.

Je répète-je de nouveau :

— Tu m'as inscrite dans cette école, sans me tenir au courant ?

— Je suis désolé, mais tu es inscrite, rétorque-t-il. Je l'ai fait pour éviter les querelles, et puis c'est dans le but de vous rapprocher.

Je me tiens debout devant lui, je sens mon cœur battre la chamade. Mon cœur me parle-t-il ? Que me dit-il ? Faut-il que je prenne cette peur effroyable qui m'envahit comme un mauvais présage ? Que m'arrivera-t-il une fois dans cette école ? Oh mon Dieu ! Moi, dans la même école que ses filles !

D'un autre côté, je comprends Pascal. Selon lui, nous mettre dans la même école nous amènera à mieux nous connaître. Fini, les querelles, fini, les imbécilités ! Enfin, quoi qu'il arrive il aimerait bien que tout ce chahut cesse.

Cela lui permettra de reposer ses nerfs. Mécontente, je déambule tout autour de la table du salon, puis je me dirige vers la cuisine. Timidement, il me rejoint.

— Je l'ai fait pour apaiser l'atmosphère à la maison. Tu verras, tout ira bien, me rassure-t-il. La directrice de l'école est très gentille, elle appartient à un ordre régulier. Crois-moi, tu ne t'ennuieras pas et tu te feras de nouveaux amis. D'ailleurs, les élèves de cette école viennent tous d'horizons différents, tu ne seras pas seule ni mise à l'écart.

Les paroles de Pascal me réconfortent, mais une phrase m'interpelle : la directrice appartient à un ordre régulier... Qu'est-ce que cela veut dire un ordre régulier ? Pascal me l'explique : la direction est religieuse. Ah ! cela signifie donc qu'elle appartient à une confession religieuse. Je me ressaisis en me disant que je pourrai me réfugier chez cette gentille dame. Petit à petit, je chasse les idées sombres de mon esprit, et je me réjouis de l'effort que fait Pascal pour recoller les morceaux de sa famille.

— L'école où se trouvent ses filles...

Je me le répète, avec un peu plus d'enthousiasme cette fois.

S'il en a décidé ainsi pour nous réconcilier, je ne peux que l'accepter. Ne dit-on pas qu'il vaut mieux un semblant de vivre-ensemble qu'une querelle sans fin ?

C'est ainsi que commence mon premier jour de classe à l'institut des Ursulines de Molenbeek. Il est six heures du matin, le jour n'est pas encore levé bien qu'on nous ait annoncé un mois de septembre ensoleillé qui réchauffera nos cœurs. Mais plus besoin de me lever avant l'aube pour courir derrière le tram à Saint-Guidon puis prendre le train à la gare du Midi pour l'Athénée de Waterloo. Quand la lumière du soleil blanchira le ciel, je n'aurai plus à me mettre la pression de peur de rater le métro. Tout cela ne sera qu'un lointain cauchemar. Désormais, tous mes déplacements se feront en métro et parfois en tram. Je pense commencer une belle journée.

La veille, j'ai préparé mon cartable pour être prête, et surtout pour éviter le moindre désagrément en dérangeant les autres, d'autant que lorsque Linda a appris que son père m'avait inscrite dans son école, elle est venue dormir à la maison : une bonne nouvelle pour moi parce que je voulais qu'on y aille ensemble étant donné que je ne sais pas où se situe l'école. Confiante, j'attends que le jour se lève. Bien entendu, quand j'étais à l'Athénée, je n'ai pas visité son école, et lors de mes promenades avec Pascal je ne suis jamais passée devant l'institut des Ursulines. Je me lève donc la première. Une fois que j'ai mon cartable sur le dos, je murmure :

— Linda !

Mais c'est Pascal qui me répond :

— J'ai oublié de te dire qu'elle est partie avant ton réveil.

— Comment ça ?

— Elle ne voulait pas que tu marches à ses côtés. Elle a dit que ce serait l'humilier et que sa réputation en prendrait un coup si on la voyait avec une nullarde.

Pour Linda, je suis d'une parfaite nullité et je n'ai aucun mérite, sinon son père ne m'aurait pas inscrite dans son école. Cela me fait mal d'entendre toutes ces horreurs à mon sujet. Je m'effondre en larmes devant Pascal.

— Lève-toi, me dit-il en me prenant par la main. L'école est facile à trouver : il suffit de prendre le métro direction Simonis et tu descends à la station Osseghem. L'école est à quelques pas de la station. Ce n'est quand même pas la mer à boire.

Mais en voyant ma peine, il ajoute :

— C'est ton premier jour dans cette école, je t'accompagne puisque Pascaline n'est pas là aujourd'hui pour le faire : elle est malade.

Oh mon Dieu ! Je me suis enthousiasmée trop vite ! J'étais loin d'imaginer que Linda serait partie plus tôt pour me laisser me débrouiller. Heureusement, Pascal me présente la nouvelle directrice et remplit tous les formulaires. Quelques minutes après son départ, la directrice et moi traversons un couloir, et nous montons au premier étage. Elle rentre dans une classe, je la suis.

— Bonjour madame Poissonnier. Je vous envoie une nouvelle élève, déclare-t-elle à la professeure, une belle dame blonde aux formes généreuses.

— Très bien ! Prenez place, me dit la jeune dame.

Je m'assois au dernier banc après m'être présentée à cette dame, dont le regard d'enfant et la voix douce me rassurent.

— Je suis madame Poissonnier, je suis ton professeur de psychologie.

Une psychologue… Oh mon Dieu ! J'en ai vraiment besoin, me dis-je en mon for intérieur. Si tu savais ce que je viens de vivre ! Cette dame m'a l'air sympathique, elle me parle comme si elle lisait dans mes pensées. Elle me met en confiance et je lui fais un sourire : c'est ma façon de lui dire que je serai une élève modèle. Puis elle s'adresse à chaque élève et lui indique ce qu'il doit faire pour le lendemain.

Dans cette classe, beaucoup d'élèves me ressemblent car la plupart viennent d'horizons différents : de l'Afrique du Nord, de l'Afrique subsaharienne et de la Turquie. Les têtes blondes, on peut les compter sur les doigts de la main. À l'Athénée, perdue dans les méandres d'un chemin que je n'arrivais pas suivre, je me sentais seule. Je me suis fabriqué cet isolement, je me suis mise dans une bulle impossible à percer où étaient enfermés mes craintes, mes angoisses, mes soucis sombres, j'étais terrifiée de sortir de cette coquille fermée. La peur me suivait partout, telle une ombre qui ne me lâchait jamais. Cela se lisait sans doute dans mes yeux, à tel point que les élèves craignaient de m'approcher. On me regardait comme un être désespéré.

En revanche, dans ma nouvelle école, je me sens bien parce que je retrouve des personnes comme moi. Cependant, une idée m'effleure : ces élèves seraient-ils tous nuls, comme le prétend Linda, et c'est pour cela qu'on les aurait tous regroupés ? Si tel était le cas, cela signifierait qu'elle en fait partie, et que moi je fais partie de ceux qui ont un niveau plus élevé. Je suis en train de me réjouir de ma petite analyse lorsqu'une jeune fille s'approche de mon banc :

— Bonjour ! Je suis Mariam Camara, je viens de Guinée Conakry, le pays voisin. J'ai déjà entendu parler de toi.

Stupéfaite, je réponds :

— On t'a déjà parlé de moi ?

— Linda dit que tu es la sorcière dont elle doit se débarrasser, lâche-t-elle précipitamment.

Je réplique :

— Eh ben dis donc ! Tu ne mâches pas tes mots !

— Je n'ai pas besoin d'être dans la même classe qu'elle pour le savoir. Parce qu'elle le dit à qui veut l'entendre dans la cour de récréation. Et sa sœur, Pascaline, qui est mon amie, le dit aussi. Toutes les deux nous racontent ce qu'il se passe dans votre maison.

Oh mon Dieu... je ne connais pas cette fille mais ses propos me font froid dans le dos ! Je suis anéantie d'entendre cela. Des inconnus connaissent mon histoire, je dirais même mon existence ! Elle parle sans arrêt, pourtant mon esprit est absent. Je vois ses lèvres bouger, j'imagine qu'elle dit beaucoup de choses à mon sujet, mais je n'y prête plus attention. Ma seule idée, fuir, quitter cette école, partir loin, n'importe où mais là où personne ne pourra me trouver. Soudain, je trouve absurde de m'enfuir, de me rendre invisible, mais savoir que Pascaline, en qui j'avais mis ma confiance, est dans le coup, me désespère. Oh ! Pascaline dont je croyais avoir le soutien, celle que je pensais impartiale dans les conflits à la maison, la seule sur laquelle je comptais pour me sauver de la méchanceté de sa sœur, des humiliations de son frère, Pascaline partageait les mêmes désirs de me réduire à néant ! Pourquoi sont-ils tous contre moi ? Pascaline joue bien son jeu pour me mettre en confiance... Pourquoi ce double jeu ? Oh mon Dieu ! Elle le cache bien ce jeu ! Lorsqu'elle est en face de moi et que je raconte mes déboires, elle me console, me rassure. Aujourd'hui, comme un coup de massue, je découvre qu'ils sont tous de connivence pour me bouter hors de la maison et m'abattre définitivement.

Les lèvres de Mariam Camara remuent sans cesse. Je l'arrête :

— Tu disais ? Je ne me rappelle plus.

— Mariam Camara, se présente-t-elle de nouveau.

— Je suis Jeanne Aïcha Bamah, dis-je timidement.

— Je sais, tu es la belle-mère de Pascaline. Je ne te savais pas si jeune.

Puis elle ajoute :

— Et tu es si maigre, tu n'as pas de cornes.

— Pourquoi des cornes ?

— Je veux dire que tu ne ressembles pas à une méchante femme, arrogante, agressive. Je vois une jeune fille à peine pubère, frêle.

— C'est comme ça tu m'imaginais ?

— C'est ce que j'ai entendu, répond-elle. Dis-moi ce que tu leur as fait de si mauvais pour mériter une telle haine.

— Rien, dis-je.

— Rien ? reprend-elle. Ce ne doit pas être le cas.

Puis, elle s'éloigne de moi sans finir la conversation.

Je réfléchis en essayant de comprendre l'attitude de cette inconnue. Ce qui est vrai, c'est que je suis maigre. À force de pleurer étant donné l'atmosphère à la maison, je ne mange presque plus. Mon corps se nourrit-il de mes larmes ? Oh que non ! C'est tout à fait le contraire : si je suis maigre comme un chiot, c'est parce que je presse mon corps de toutes ses larmes.

Mais ma rencontre avec cette fille m'a permis de comprendre le double jeu de Pascaline.

Les semaines se sont écoulées, je commence à m'habituer au trajet pour me rendre à l'école. Je descends à la station du métro Osseghem comme me l'a dit Pascal, parce que depuis qu'elle me voit à l'école Linda ne dort plus chez son père. Elle le faisait déjà avant que je ne sois inscrite dans son école, mais ses absences sont maintenant beaucoup plus fréquentes. À la maison, c'est bénéfique pour moi. Mais à l'école, son attitude malveillante devient de plus en plus odieuse. Elle répand des rumeurs abominables : j'ai un mauvais caractère, je suis grossière et prétentieuse, et ma compagnie est d'une toxicité nauséabonde. J'étais déjà au courant de ma nullité scolaire qu'elle répète à qui veut l'entendre, mais les ragots colportent aussi que je suis une fille de mauvaise mœurs, une dépravée à ne surtout pas côtoyer, et la liste est longue…

Un beau mardi d'octobre, je regarde le jour se lever avec un brin de mélancolie. Le soleil se cache encore derrière les nuages et je sens l'angoisse m'envahir. Cependant, je file avec mon cartable pour l'école, me frayant un chemin au milieu du fourmillement de la foule. C'est alors que j'aperçois Mariam Camara. Je me dirige vers elle. Je sais qu'elle m'a vue et je lui fais un signe de la main. Tout à coup, elle détourne le regard en m'ignorant. Les rumeurs ont produit leurs effet : plus personne ne veut me parler ! Quand je rentre dans la cour de l'école, tous les élèves que je croise s'écartent pour me laisser un passage si grand que deux poids lourds ne pourraient pas se heurter. Oh mon Dieu ! À l'Athénée de Waterloo, même si j'étais perdue dans le dédale de mes problèmes et que je vivais dans la peur de faire les choses de travers, il y avait au moins quelques élèves qui m'adressaient la parole. Certains me dévisageaient à leur manière, d'autres me faisaient des signes de la main pour me signifier leur soutien et je sentais leur pitié souffler sur ma nuque. Il régnait une certaine harmonie dans l'école, mais je ne me sentais pas à ma place, coincée par ma peur constante de me voir rejetée. Or c'est là où je pensais me sentir comme chez moi, que la haine et l'exclusion s'érigent comme un mur et que la vraie solitude commence. Certains jours, lorsque cette haine pèse trop sur moi, je me demande s'il ne vaudrait pas mieux que je reste à la maison à attendre l'arrivée de Pascal : il pourrait me donner quelques leçons dans les matières qu'il maîtrise, des cours de mathématiques ou de français… Après tout, il a bien été professeur dans un lycée ! Mais quand je lui raconte tout ce que j'endure dans ma nouvelle école, il me sermonne

— Mais il ne faut pas t'en faire ! Tu n'es pas partie pour les autres élèves, tu es partie pour t'instruire. Alors tu peux te passer d'eux, cela ne t'arrachera pas la vie !

Il a bien raison : ce ne sont pas ces élèves que je connais à peine qui vont orienter mon destin. Alors, je suis les conseils de Pascal : je ne m'approche plus des élèves que j'ignore à mon tour, je m'isole derrière l'école et j'étudie les leçons du cours suivant. Quelques élèves commencent à trouver curieux que je sois aussi solitaire.

Un après-midi, alors que je suis adossée au mur derrière l'école, monsieur Icham s'approche de moi.

Monsieur Icham est un citoyen marocain, c'est l'éducateur de l'école. Quand il s'approche de moi, je lève vers lui des yeux froids et distants. Son regard, d'abord bienveillant, devient sévère car deux élèves le suivent.

— Je peux savoir ce que tu fais là, toute seule ? lance-t-il d'un ton sec.

— J'étudie, monsieur.

— Oui, mais pas dans ces conditions. Il y a des classes vides où tu pourras être mieux. Viens, suis-moi !

Je me lève maladroitement et je fais tomber mon classeur. Tout ce qui est à l'intérieur se retrouve par terre. Monsieur Icham m'aide à ramasser mes cahiers et les feuilles éparpillées, puis je le suis vers la salle indiquée.

— Rentre ! Dans cette salle, tu seras plus à l'aise pour réviser tes leçons. Tu sais, c'est dangereux de t'éloigner de l'école, quelqu'un pourrait te faire mal et s'enfuir.

— Pourquoi ? L'école n'est-elle pas en sécurité ?

— Si, répond-il, mais parfois il y a des individus qui ne sont pas de l'école et qui viennent chercher des noises à des élèves. Tu vois, je suis éducateur dans cette école et je dois faire beaucoup attention : si les élèves ne sont pas tous dans mon champ de vision, c'est difficile pour moi de les contenir et surtout de les contrôler. Et je ne peux pas savoir ce qui se passe.

Il jette un petit coup d'œil vers le portail. Un élève lui adresse un sourire malicieux. Il l'arrête aussitôt et lui demande ce qu'il fait là. L'élève ne sait pas trop quoi répondre. Il le renvoie sur-le-champ de la cour de l'école.

Puis il reprend :

— Tu vois, c'est pour éviter que tout individu qui n'est pas de l'école pénètre ici. Cet enfant vient d'une autre école, et je ne comprends pas ce qu'il est venu faire dans la cour à cette heure. Puis il me demande :

— De quel pays d'Afrique viens-tu ?

— De Côte d'Ivoire.

— Ah ! le pays d'Houphouët-Boigny. Je l'ai une fois visité, pour voir la basilique de Yamoussoukro. Hé, je connais ton pays ! Nous avons d'autres élèves qui viennent de Côte d'Ivoire.

Je comprends qu'il parle de Linda et de Pascaline.

— Tu pourrais te rapprocher d'elles, comme ça, tu ne serais pas seule. Parce qu'ici, nous avons beaucoup de Zaïrois, de Camerounais, quelques Centrafricains et des Guinéens. Le reste, ce sont des Maghrébins. Je te conseille de les rencontrer, cela t'évitera cette solitude. Et puis, ce sont tes compatriotes, insiste-t-il.

— Oui, monsieur, lui dis-je en hochant la tête.

J'écoute ce monsieur avec attention. Je sais qu'il veut mon bien, qu'il ne veut plus me voir seule. Pour lui, la solitude est un vilain mot, elle rend dépressif, elle détruit. Oh mon Dieu, si tu pouvais dire à ce bon samaritain que ces personnes dont il me parle et dont il veut que je sois amie sont mes bourreaux… Mais je commence à avoir de la sympathie pour lui : il pense à mon bien-être. Désormais, lorsqu'il me voit dans la cour de l'école, il s'empresse de m'indiquer une salle vide, et je me précipite pour m'y réfugier.

Un après-midi, il me retrouve dans une salle en train de répéter un exposé que je dois présenter à la classe, sur la philosophie stoïcienne. Je n'ai pas de binôme, je dois donc le faire seule. Je me suis mise devant le tableau en m'imaginant devant une salle pleine d'élèves. Je suis en pleine répétition quand j'entends un tonnerre d'applaudissement dans mon dos : c'est monsieur Icham accompagné de mon professeur de psychologie, madame Poissonnier.

— C'était magistral ! dit cette dernière. Où est ton binôme ?

— Je n'en ai pas, madame.

Elle affiche tout à coup une mine sombre.

— Pourtant, je t'ai mise avec ta voisine de derrière, Adeline Pemba, s'étonne-t-elle.

Madame Poissonnier m'avait effectivement mise avec une compatriote africaine qui vient du Zaïre. Cependant, celle-ci m'a laissée en plan pour se joindre à un groupe de Maghrébins. Je me retrouve donc seule pour l'exposé, mais cela ne me déplaît pas.

— Ce n'est pas grave. Je vois que seule, tu t'en sors.

Puis elle me fait une petite tape sur l'épaule.

C'est à cet instant que monsieur Icham intervient :

— Tu ne t'es toujours pas rapprochée de tes compatriotes ? Il le faut, cela te fera du bien, tu verras.

C'est vrai qu'à chaque fois que nous nous croisons dans la cour de l'école, il me le rappelle. Je lance avec un sourire :

— Cela ne tardera pas, monsieur !

Quelques instants plus tard, madame Poissonnier et monsieur Icham se rendent dans le bureau de la directrice. Quant à moi, je rentre à la maison, et je raconte à Pascal que mon exposé a plu à madame Poissonnier. Je lui dis que je le présenterai demain durant la première heure de cours, et j'ajoute que l'éducateur de l'école me conseille de me rapprocher de Linda et de Pascaline si je ne veux pas me sentir seule à l'école. Pascal lui donne raison, puis il me demande :

— Puisque tu es toute seule à faire tes devoirs, à quoi passes-tu ton temps quand tu n'as pas de devoirs ?

— À réfléchir.

— À réfléchir... répète-t-il. Et pourquoi ne commencerait-on pas à écrire mon histoire ?

— Oh oui, tu as raison !

— On commence dès demain, quand tu rentres de l'école, me dit-il.

— Demain ?

— Nous avons assez perdu de temps, tu ne trouves pas ? Au lieu de te concentrer sur des histoires inutiles et insensées...

C'est ainsi qu'un soir de dimanche où la maison est plongée dans un calme absolu, je prends un grand bloc-notes, un stylo à bille et un dictaphone : tel un maçon avec sa truelle, sa brouette, et sa pelle qui montrent son savoir-faire, ce sont mes instruments de travail. Dans un enthousiasme bouillonnant, je m'assois en face de Pascal : pour la première fois, je vais joindre l'utile à l'agréable. J'ouvre le bloc-notes et je mets le dictaphone en marche. Pascal se racle la gorge, frotte ses mains nerveusement, mais on peut lire sa joie sous ses sourcils broussailleux. Je lance :

— Très bien ! Je t'écoute !

— Es-tu prête ?

J'ouvre grand les yeux pour lui signifier ma détermination. Il se racle de nouveau la gorge. J'insiste :

— J'attends !

Sous mon regard pressant, il se décide enfin :

— Très bien, tout a commencé en juillet 1972. J'achevais mes études supérieures à l'Université catholique de Louvain avec le titre de licencié en sciences chimiques...

Je fronce les sourcils. Il me fait un grand sourire.

— Pourquoi cette mine étonnée ? me lance-t-il.

— Rien, continue.

— Le service militaire était obligatoire, mais je ne voulais pas le faire. Alors je me suis renseigné et l'on m'a dit que je pouvais le remplacer par un service civil en séjournant deux ans dans un pays en voie de développement. C'était une très bonne nouvelle pour moi. J'ai couru l'annoncer à mes parents qui ont approuvé ma décision.

— Pourquoi refusais-tu de servir ton pays en ne faisant pas ton service militaire ?

— Mon grand-père, c'est-à-dire le père de mon père, avait été un tout jeune infirmier. Il avait participé aux deux grandes guerres. Il avait raconté à mon père ce qu'il avait vu sur le front, et mon père me l'avait raconté à son tour. Il avait vu des horreurs autour de lui, des corps déchiquetés, des atrocités inimaginables, la barbarie des humains contre d'autres humains. Enfant, j'en ai même fait des cauchemars. Je ne voulais pas le revivre, tout simplement. C'est pour cela j'ai opté pour le service des pays en voie de développement.

— Qu'est-ce que tu as fait par la suite, après l'approbation de tes parents ?

— Je me suis mis à la recherche d'un poste en écrivant à divers organismes qui organisaient ce genre de service civil dans les pays pauvres. J'ai commencé par des sociétés chimiques internationales, des sociétés pétrolières, des sociétés minières et quelques coopérations religieuses. Quelques semaines plus tard, j'ai reçu des réponses de toutes ces entreprises. Les courriers arrivaient de partout : on voulait de mes services au Cameroun, en Algérie, au Gabon, au Maroc, au Zaïre, en Afrique du Sud et enfin en Côte d'Ivoire.

— Tu n'avais pas peur d'aller sur un continent où tu n'avais jamais mis les pieds ?

— Non, le continent africain était considéré comme pauvre. Et donner son temps et ses connaissances, c'était contribuer à son développement. Enfin, c'était une expérience que je voulais essayer. J'étais plutôt excité de vivre hors de mon pays, je voulais voir le monde d'ailleurs.

— Qu'as-tu fait après avoir lu tous ces courriers ?

— J'ai eu une proposition financière alléchante de deux sociétés d'Afrique du Sud : une société d'électricité et une société minière. Mais l'apartheid, je n'aime pas. Et puis je ne voulais pas passer par les Pays-Bas et venir voir mes parents en cachette. C'était risqué et trop compliqué pour quelqu'un qui voulait vivre une belle aventure.

Soudain, il éclate en sanglots. Je lui demande :

— Qu'est-ce qui t'arrive ?

— Je suis contre toute humiliation et tout mépris d'un être semblable. C'est pour cela que j'ai refusé ces offres intéressantes.

— Je comprends. Tu sais, on peut s'arrêter pour aujourd'hui...

— Tu as raison.

Le téléphone sonne, c'est le père de Pascal. Il voudrait que Pascal vienne manger avec lui. Je replie soigneusement mon bloc-notes et je le range dans mon sac. Pascal file chez son père. Quant à moi, j'allume la télévision parce que Christophe n'est pas là pour me l'interdire. Enfin un petit moment de calme avant que le jour se lève à nouveau.

Le lendemain, je ne me sens plus seule à l'école. Je pense à mon expérience de la veille : je suis devenue la biographe de Pascal et même sa nouvelle psychologue. Il est maintenant mon patient : je n'ai jamais vu Pascal aussi heureux qu'après ce petit moment de confidence. J'ai comme l'impression qu'il se libère de son lourd passé. Et moi, je suis bien dans mon nouveau rôle. La solitude ne me pèse plus, je vois les élèves de mon école sous un autre angle. Je me suis aussi libérée du manque d'estime que je m'infligeais : je me sens légère comme un duvet. Monsieur Icham, qui se faisait du souci pour moi, perçoit en moi un être heureux. Il m'interpelle :

— Il fera beau aujourd'hui !

— Oui, monsieur. Pourquoi me dites-vous cela ?

— Je ne te vois plus depuis quelques jours, qu'est-ce qui a changé ?

— Me voir heureuse, n'est-ce pas ce que vous vouliez ? Maintenant, je le suis.

— Tu les as finalement approchées ?

— Qui, monsieur ? Vous parlez de ces enfants du diable ?

— Je ne te suis pas... répond-il l'air perdu.

Je m'empresse de répliquer :

— Non, ce n'est rien... Je n'ai pas pris la peine de le faire.

Son regard m'interroge. J'ajoute :

— Je ne veux pas, monsieur, je me sens bien sans elles.

— Tant mieux ! me lance-t-il.

Puis il s'éloigne de moi.

Depuis cette conversation, je n'ai plus revu monsieur Icham se soucier de ma petite personne solitaire. Il me considère maintenant comme une élève parmi tant d'autres.

Les jours passent, je ne veux pas m'arrêter en si bon chemin. Je reprends l'histoire de Pascal là où nous l'avons laissée :

— Lorsque tu as parlé des propositions intéressantes de l'Afrique du Sud à tes parents... ?

— Mon père voulait que j'accepte une de ces propositions. Mais moi, je préférais un pays francophone, c'est plus facile pour l'intégration et je n'avais pas à apprendre une nouvelle langue. C'est vrai que je parle anglais, cependant je me sens mieux dans ma langue maternelle qui est le français. Mon père me soutenait, en revanche ma mère avait peur que je m'éloigne d'elle. « Mais voyons, Juliette ! répétait-il à ma mère quand celle-ci s'inquiétait. C'est un grand garçon, il s'en sortira sans nous ! »

— Je peux comprendre son inquiétude, tu es son seul enfant, dis-je.

— Toutes les mères sont comme ça ! Même avec des dizaines d'enfants, elles sont toujours inquiètes ! réplique-t-il. Puis il poursuit :

— En octobre 1972, j'ai écrit au siège de la Fédération de l'Enseignement catholique de la rue Guimard : à un certain père Édouard. Le père Édouard m'a répondu positivement et m'a donné rendez-vous chez lui. Je m'y suis rendu le lendemain, et notre discussion a tourné autour de ma volonté de servir dans les pays pauvres. Il était content de sentir mon dévouement pour ces pays. Quelques jours plus tard, j'ai reçu un coup de fil : il me proposait le Zaïre, un pays qui se situe dans le grand centre de l'Afrique. J'attendais donc mon départ pour ce pays qui ne me dépayserait guère parce que ma tante avait séjourné au Zaïre, jadis appelé le Congo belge. Ma cousine Pauline m'en avait souvent parlé et je voulais faire ma propre expérience.

— Surtout, qu'il y a des Congolais qui viennent se former en Belgique.

— C'est vrai, mais à l'époque ils n'étaient pas aussi nombreux que maintenant. Et puis je voulais me retrouver au milieu d'eux, vivre comme eux.

— Qu'est ce qui se passe par la suite ?

— Trois jours plus tard, j'ai reçu un nouveau coup de fil du père Édouard qui me proposait cette fois un autre poste d'enseignant de mathématiques modernes dans un collège catholique d'une ville de Côte d'Ivoire, nommée Daloa. J'étais à la fois content d'entendre cela et déçu de ne pas partir au Zaïre, parce que j'avais déjà annoncé mon intention de travailler au Zaïre à ma cousine Pauline. Elle se réjouissait de me voir là-bas, vu son expérience positive dans ce pays. Elle m'avait préparé à la sensibilité et à l'hospitalité des Zaïrois : j'étais donc heureux de les rencontrer. En revanche, la proposition de la Côte d'Ivoire était la bienvenue parce que quelques jours auparavant, durant la matinée, j'avais écouté une émission radiophonique de la première chaîne belge qui était justement consacrée à la Côte d'Ivoire. On en parlait avec tant de passion que j'étais totalement séduit. Je rêvais à présent de ce pays et j'avais une folle envie d'y aller ! C'est ainsi que lorsque le père Édouard me l'a proposé, j'ai accepté avec joie.

— Oh là ! tu as quand même averti tes parents que tu changeais de destination ?

— Tout à mon enthousiasme, j'ai d'abord télégraphié au collège catholique que j'acceptais l'offre. J'ai ensuite téléphoné à ma cousine Pauline pour lui apprendre que je n'allais plus au Zaïre. Au bout du fil, j'ai bien senti qu'elle était déçue, mais j'ai essayé de la consoler en lui disant que j'allais dans un autre pays africain, la Côte d'Ivoire. Bien que triste, elle m'a encouragé. Et c'est sur ces encouragements que j'ai couru annoncer la bonne nouvelle à mes parents.

XIII

Une porte de sortie

— Comment tes parents ont-ils réagi à ce changement ?

— Mon père, en voyant la joie dans mon regard, m'a serré dans ses bras. Mais ma mère s'est mise à pleurer. « Il est hors de question que tu ailles là-bas ! s'écriait-elle. Oh non, mon petit Pascal, ces gens-là ce sont des sauvages, ce sont des primitifs, ils ne connaissent pas notre civilisation, tu risques d'y laisser ta peau ! » criait-elle. J'entendais mon père lui dire : « Laisse-le grandir, il n'est plus un enfant, il est temps qu'il s'assume et qu'il prenne ses responsabilités. » « Je veux bien, mais pas chez les cannibales ! » répétait ma mère. Moi, j'étais déterminé à me prendre en charge, mon père avait raison : il était temps que je m'assume.

— Et… ?

— Leur querelle a duré toute la nuit. Quant à moi, je pensais à ce qui allait se passait et comment j'allais m'y prendre, maintenant que j'avais dit oui à la proposition du père Édouard. Le lendemain, je suis allé écumer les magasins de vêtements pour m'acheter une belle chemise, un beau costume et des chaussures : je savais que dans ces pays-là, il fait très chaud. Mon père qui me voyait en joie n'a pas hésité à me donner de l'argent pour mon séjour. Après avoir fini tous mes achats, j'ai attendu la réponse à mon télégramme au directeur du collège de Daloa.

— T'ont-ils écrit ?

— L'attente n'a pas été bien longue parce qu'un mois plus tard, à la mi-décembre, j'ai reçu un billet d'avion aller simple, accompagné d'une lettre du directeur du collège et d'une brochure précisant le programme et la méthode d'enseignement. Une brochure sur le pays était également jointe, un peu comme le Guide du routard. Le directeur était un prêtre, le père Poujot. Dans son courrier, il décrivait tout ce que je devais faire et ce que je ne devais pas faire, étant donné que c'était la première fois que je sortais de mon pays. Mon père a refusé que j'annonce à ma mère le jour de mon départ pour éviter une inondation de larmes. Alors la veille de mon départ, qui était aussi la veille de Noël, mon père a prétendu que j'allais chez ma tante à Namur. Nous nous étions entendus pour dire cela à ma mère.

— Elle y a cru ?

— Oui. Je suis allé seul à l'aéroport de Bruxelles-National : je ne devais pas être accompagné pour ne pas éveiller les soupçons de ma mère. Je devais prendre le vol Sabena de Bruxelles à Abidjan. Je suis arrivé à l'aéroport avec une valise et un sac à dos. Dans le sac à dos, le courrier du père Édouard, les brochures du collège, l'itinéraire de la ville de Daloa. Mais quand je me suis présenté au guichet avec mon passeport et mon billet d'avion, l'hôtesse m'a annoncé que mon vol sur Abidjan avait été annulé.

J'écarquille les yeux :

— Oh là là ! Quelle déception !

Pascal me sourit.

— Pour une déception, c'en était une ! reprend-il. Je suis resté pétrifié, les mots me manquaient pour exprimer ma colère. Pendant une demi-heure, mon esprit n'arrivait pas à accepter ce que je venais d'entendre. Je me suis mis à l'écart pour chercher à comprendre pourquoi le vol avait été annulé. Mon cœur battait la chamade, et toutes sortes d'idées négatives me passaient par la tête. Et si ma mère avait raison ? Ce n'était peut-être pas mon destin d'aller dans un pays lointain…

— Qu'as-tu fait, après l'annulation de ton vol ?

— J'ai repris un taxi pour la maison. Ma mère m'a accueilli sur le pas de la porte. Elle m'a interrogé sur ma tante de Namur, mais je ne lui ai pas répondu. J'ai sauté sur le téléphone pour faire une nouvelle réservation sur Abidjan. La dame au bout du fil m'a indiqué qu'il n'y avait pas de nouveau vol avant le 9 janvier 1973. Même si cette date était loin, j'ai quand même réservé un billet. Et à ce moment-là, j'ai vu ma mère en face de moi… « Alors, me dit-elle, la tante, comment va-t-elle ? » Soulagé par ma nouvelle réservation, je lui ai juste souri.

— Ben dis donc, elle est tenace ta mère !

— En effet, elle ne lâche rien.

— Comment tu t'en es sorti ?

— Mon père a répondu à ma place. Mais je crois que ma mère n'est pas si idiote que ça : elle a compris que j'étais heureux de partir loin de mon pays pour voir d'autres horizons, qu'ils soient sauvages ou pas. C'était l'aventure qui m'excitait. Lorsque je suis sorti du taxi, elle a vu que j'avais pris mon passeport et ma valise. Elle me l'a dit plus tard. C'est ainsi qu'elle a compris qu'il était temps que je fasse mon petit bonhomme de chemin.

— Enfin ! Elle est revenue à la raison ! Du coup, elle t'a laissé partir dans le pays des primitifs et des sauvages. Ces primitifs et ces sauvages ont peut-être disparu au moment où elle t'a donné sa bénédiction !

Pascal se frotte les mains et rit aux éclats.

— Ma mère avait tout simplement peur de me voir loin d'elle. Et la solitude, ça rend mélancolique, même si mon père était là. Tu sais, mon père était un grossiste en vêtements : ces vêtements extravagants portés par de belles dames nobles qui se pavanent dans les soirées mondaines. Et il est souvent parti en Angleterre pour son commerce. Le jour du réveillon ma mère a invité les voisins pour leur annoncer mon prochain départ pour l'Afrique. Tous m'ont donné des conseils et m'ont gentiment encouragé, contrairement à ce que pensait ma mère. Je comprends que ces gens-là avaient envie d'être à ma place. Seulement, ils avaient leur travail et leur famille ici. Après le réveillon, je me suis préparé pour mon départ à Abidjan.

— Qu'ont fait tes parents, le jour de ton départ ?

— Je me souviens que je portais ma plus belle chemise avec une cravate et un très beau complet assorti. Je savais qu'il faisait chaud là-bas : un voisin m'avait averti que la température était de trente à quarante degrés. Mes parents m'ont conduit à l'aéroport de Bruxelles-National. Ce jour-là, il y avait du verglas, il faisait moins six degrés. Ma mère avait pris un mouchoir en tissu qu'elle avait chauffé pour essuyer son visage inondé de larmes. Elle pleurait sans cesse, mon père la réconfortait : « Ben voyons Juliette ! Ce n'est pas son dernier souffle, il nous reviendra en entier ! » La séparation a été difficile étant donné que ma mère prenait cette séparation comme un drame. Finalement, elle s'est résolue à me laisser partir. Quelques minutes après des adieux douloureux, j'ai pris le vol que j'avais tant attendu.

— Enfin dans l'avion !

— Oui ! Le vol entre Bruxelles et Abidjan s'est passé sans encombre, bien qu'il y ait eu quelques turbulences et qu'il ait fallu attacher plusieurs fois sa ceinture de sécurité. Le départ de Bruxelles a eu lieu le matin, et je suis arrivé à Abidjan vers dix-sept heures.

— Quelle a été ta première réaction, une fois arrivé à l'aéroport d'Abidjan ?

— Tout d'abord, j'ai pris mes bagages, puis j'ai passé le contrôle douanier à l'aéroport. Je me suis dirigé vers la sortie, et j'ai vu un père missionnaire canadien avec une pancarte où mon nom était écrit en gros caractères, accompagné d'un coopérant français. Tous deux m'attendaient pour me souhaiter la bienvenue dans mon nouveau pays. Je les ai suivis vers une petite voiture, une Renault 4 blanche, stationnée à proximité de l'aéroport. L'aventure commençait pour moi… Ma première réaction a été l'enthousiasme, et j'ai versé quelques larmes de joie ! Je venais de réussir, oui, de réaliser mon rêve : faire les premiers pas sur le sol ivoirien. Puis j'ai senti la chaleur… Je n'oublierai jamais cette chaleur étouffante et humide qui m'a frappé. Cela a été un choc terrible pour moi ! Je n'avais jamais vécu dans une telle atmosphère suffocante et épouvantable. J'avais l'impression de marcher sur des charbons ardents. Pourtant, il était dix-sept heures, le soleil n'était pas à son apogée. Je pouvais déjà imaginer ce que ce serait à l'heure de son point culminant… On peut dire que c'était mon premier contact chaleureux avec l'Afrique Noire !

— Où t'ont-ils conduit, le père missionnaire et le coopérant français ?

— Ils m'ont conduit dans une commune d'Abidjan qu'on appelle Le Plateau. À la mission catholique située dans cette commune, ils logeaient beaucoup de missionnaires français et de prêtres venus de toute l'Europe. Quand les autres prêtres m'ont vu, ils sont tous venus me souhaiter la bienvenue. Je ne me suis pas senti dépaysé, car ils étaient tous agréables et chaleureux. Je me suis senti comme chez moi parce leur accueil a été formidable. L'un d'eux, le prêtre François m'a montré ma chambre au premier étage, et m'a expliqué comment fonctionnait la grande moustiquaire autour de mon lit. Il a mis en marche le ventilateur dans le coin de la chambre. « Tu auras souvent besoin du ventilateur à cause de la chaleur torride », m'a-t-il dit. Il m'a ensuite laissé seul après avoir ajouté : « Le souper, c'est dans une heure. »

— Tu les as rejoints une heure après ?

— Non, je ne suis pas descendu tout de suite. J'ai lutté avec la moustiquaire ! Je n'en avais jamais vu, et je n'avais jamais dormi avec ça. Je n'aurais donc pas supporté d'en avoir une autour de moi. Je l'ai aussitôt enlevée. J'ai posé quelques livres sur une petite table près de la fenêtre. La chambre était assez exiguë, mais cela suffisait pour une seule personne. Dans la douche, j'ai réussi à mettre ma trousse de toilette devant le miroir qui était aussi tout petit. Tout cela m'a pris plus d'une heure, et les prêtres m'attendaient pour le repas. Quand je les ai rejoints, l'un d'eux m'a dit : « Eh ben ! il n'est pas trop tôt ! » Tous ont éclaté de rire. J'ai ri de bon cœur avec eux tout en justifiant mon retard.

— Très bien, il est tard, on arrête pour aujourd'hui, dis-je à Pascal.

Puis je ferme mon bloc-notes et je coupe mon dictaphone. Pascal attrape mon bras :

— Non, je n'ai pas fini ! Attends de connaître la fin de la soirée !

— Tu n'es pas parti au lit après le souper ?

— Non, je ne suis pas allé tout de suite au lit. J'ai expliqué au coopérant français qui était venu me chercher à l'aéroport que je voulais faire un tour dans la commune du Plateau. Il m'a regardé d'une drôle de manière, mais je l'ai rassuré et j'ai réussi à le convaincre que je souhaitais me familiariser avec les habitants. Il m'a alors indiqué les rues où se trouvaient les belles boutiques, les restaurants français et les magasins libanais.

J'ouvre grand les yeux et je remarque :

— Il devait être tard, non ?

— C'est vrai, il devait être aux environs de vingt-deux heures. Mais je voulais me dégourdir les jambes : après des heures de vol, j'avais besoin de cette promenade. Et c'est ainsi que je me suis lancé dans la première rue du Plateau. Je voyais dans les vitrines des magasins de beaux vêtements comme ceux de mon pays et les mêmes accessoires, il n'y avait pas de différence, je me sentais comme chez moi ; quelques pas plus loin, au coin de la rue, un cinéma. J'ai continué à longer l'avenue et je suis tombé sur de belles femmes court-vêtues. Elles étaient sans doute là pour offrir leurs charmes, mais cela ne m'intéressait pas parce que cela me faisait penser à la gare du Nord à Bruxelles où les femmes, qui portent des dessous sexy pour exciter les passants, sont exposées dans les vitrines comme des marchandises. Mais là, je constatais qu'elles accostaient les hommes différemment, avec respect. Mon esprit nageait dans le bonheur et je souriais. Alors que je me dirigeais vers une rue un peu plus sombre, j'ai remarqué une silhouette qui me suivait : c'était une femme. J'ai pressé le pas pour me cacher.

— Te cacher d'une femme ? d'une inconnue ?

— C'était plutôt moi l'inconnu à cet endroit ! Et d'ailleurs, j'avais remarqué qu'elle me suivait depuis un moment. Quand je me suis caché derrière un arbre, elle m'a perdu de vue. De loin, je voyais qu'elle regardait autour d'elle, qu'elle me cherchait. J'ai fini par sortir de ma cachette de fortune, et tout à coup nous nous sommes croisés. Elle a recommencé à me suivre, et chaque fois que j'accélérais mes pas, elle accélérait aussi le sien. Cette étrange femme ne me lâchait pas ! J'ai alors ralenti, mais j'ai senti derrière ma nuque qu'elle faisait de même. L'angoisse m'envahissait, je devenais de plus en plus nerveux, et je réfléchissais à la manière de m'en débarrasser parce que cela aurait été une honte et surtout un déshonneur de me trimballer avec une femme le premier jour de mon arrivée dans cette mission catholique. Oh ! qu'aurait-on pensé de moi ? Le pire dans tout ça, c'est que même si je répétais à cette maudite femme que je ne voulais pas de ses charmes, elle me répondait : « Monsieur, vous verrez, vous ne serez pas déçu et vous en redemanderez ! » J'ai couru, couru, couru jusqu'à des feux tricolores, et là j'ai rencontré deux jeunes Ivoiriens. Je les ai suppliés de m'aider à me débarrasser de cette femme qui était folle et qui me suivait depuis une heure. Mais l'un d'eux m'a répondu : « Monsieur, vous l'avez bien mérité, on ne peut pas s'en mêler ! »

— Waouh ! Mais pourquoi dis-tu qu'elle était folle ?

— Parce qu'elle était vêtue d'une camisole déchirée, d'un pagne tout défraîchi, et que ses sandales étaient à moitié abîmées, alors que les femmes que j'avais vues déambuler auparavant étaient vêtues de manière sexy, avec des porte-jarretelles. Celle-là m'avait l'air d'une déséquilibrée, elle ne s'exprimait pas bien. Lorsque je lui ai demandé pourquoi elle me suivait, elle m'a répondu de façon confuse. Elle me répétait sans cesse : « C'est pour le travail... » Mais je ne savais pas de quel travail il s'agissait ! J'ai filé me cacher derrière un arbre, mais dès que je suis sorti de ma cachette elle m'a de nouveau abordé en me disant : « Ce n'est pas cher, monsieur ! » Je l'ai encore envoyée balader, et elle s'est éloigné de moi. Je pensais m'en être enfin débarrassé, mais non !

— Tu as passé tout ce temps à te cacher de cette femme ?

— Il y avait de l'ambiance dans les rues, des attroupements de jeunes gens un peu partout. À quelques pas du cinéma, des jeunes dansaient sur un rythme endiablé. J'ai trouvé cela étrange et je me suis approché par curiosité pour les regarder. Je ne sais pas ce que ces jeunes fêtaient ce jour-là, mais j'ai trouvé cela amusant. Après m'être éloigné du groupe de ces jeunes fêtards, je suis retombé sur la même femme. J'ai alors foncé vers la mission catholique en traversant le grand boulevard sans faire attention aux feux tricolores : je ne sais plus si le feu était rouge ou vert ! Je n'avais qu'une chose en tête : pourvu que cette cinglée ne me suive pas, et ne sache pas où j'habite ! Je courais en zigzag de gauche à droite, puis de droite à gauche, aussi vite que mes jambes me le permettaient. Après une demi-heure de course folle, je me suis arrêté, le cœur battant. Enfin ! Je ne la voyais plus ! J'ai repris plus calmement ma marche, et quand je suis arrivé à la mission j'ai entendu les voix de quelques prêtres qui ne dormaient pas encore. Je me suis immédiatement dirigé dans ma chambre, il était trois heures du matin…

— Quelle belle aventure ! dis-je avec un brin d'ironie.

— C'était plutôt une belle bêtise de sortir ! Cependant, je ne regrette pas l'avoir fait. Au petit matin, le coopérant français, Pierre Châtelain, est venu me réveiller.

— Il jouait le rôle du réveil ?

— Non, je crois que ça l'amusait de châtier le nouveau venu.

— Et toi ? Ça t'amusait aussi ?

— Un peu, oui, répond Pascal doucement.

Je déclare en rangeant mon bloc-notes :

— Très bien, on va s'arrêter pour aujourd'hui…

Au petit matin, je me prépare pour l'école. Je rencontre madame Poissonnier pour mon exposé de psychologie inversée sur le rejet : c'est un thème qui me touche parce que c'est ce que je vis. Je l'ai peut-être choisi pour exprimer mon propre ressentiment. Le jour où je devais présenter mon exposé à la classe, madame Poissonnier était absente.

— C'est demain que tu feras ton exposé, m'a-t-elle déclaré hier. J'espère que tu t'es bien préparée.

— Oui madame, ai-je répondu poliment.

— J'espère que tu t'es bien préparée, m'a aussi dit Pascal.

— Il n'y a pas de problème ! ai-je lancé.

Il est neuf heures, je suis très sereine, mon esprit est débarrassé de toutes mes angoisses. C'est avec assurance que je monte les marches de l'escalier pour atteindre ma classe. Madame Poissonnier est déjà là, elle prépare des feuilles éparpillées sur la table. Puis elle inscrit au tableau le titre de mon exposé : LE REJET. Je comprends tout de suite que je dois entrer en scène devant les élèves impatients dont les visages empreint d'animosité me regardent comme si j'étais coupable d'un crime odieux. Je racle ma gorge, puis je commence par :

— Mon exposé parle du rejet.

Je vois que quelques-uns se renfrognent, d'autres me dévisagent comme si j'étais indigne d'être estimée. Leurs sentiments me donnent l'envie et la force de m'adresser à eux, j'ai l'impression que ce thème vise directement leurs agissements. J'expose alors mon sujet avec force détails :

— Le rejet est souvent douloureux, mais il peut en partie vous aider, et même vous apprendre à réussir. L'idée ici n'est pas de lutter contre le destin, mais si vous vous sentez ignoré ou dévalorisé, il est temps de voir les choses différemment, et de transformer le rejet en une force positive, c'est-à-dire de transformer vos échecs en réussite. Si malheureusement la vie vous ignore, montrez-vous plus fort. Ne pas prêter attention à ceux qui vous négligent n'est pas un signe de faiblesse, mais plutôt une force, et montrez que vous vous respectez. Si quelqu'un ne vous prête pas attention, c'est son erreur et non la vôtre. Ne pas réagir, cela signifie que vous méritez mieux. Comment faire cela sans devenir aigri ? Concentrez-vous surtout sur votre bonheur, donnez un sens à votre existence, à vos projets, à vous-même, trouvez un centre d'intérêt pour vous, lisez beaucoup pour apprendre des choses nouvelles, informez-vous et améliorez votre intellect. Il ne s'agit pas de se venger mais plutôt de rediriger le sens de votre vie vers des choses positives, des énergies positives. C'est vrai que quand quelqu'un vous ignore cela peut faire mal, blesser, voire faire peur, mais au lieu de rester prisonnier de cette souffrance, utilisez-la pour grandir : ne laissez pas l'indifférence des autres vous affecter, c'est l'occasion de renforcer votre confiance en vous. Vous ne faites pas que surmonter le rejet, vous vous épanouissez malgré lui et cela prouve que vous êtes émotionnellement mature et fort de l'intérieur. Et surtout, rappelez-vous que votre valeur ne dépend pas de la reconnaissance des autres : restez fidèle à vous-même et laissez vos actions parler d'elles-mêmes. Lorsque vous faites face au rejet, il est bien évidemment facile de se laisser submerger par l'émotion, cependant la philosophie stoïcienne nous enseigne une tactique différente : restez calme plutôt que de réagir avec frustration, exaspération ou tristesse. Le stoïcisme, une sagesse autant valable dans la vie actuelle qu'à l'époque de la Grèce antique, conseille de répondre de façon réfléchie et posée. La question n'est pas de cacher vos sentiments, mais plutôt de ne pas les laisser vous envahir au point de vous dominer. Si vous êtes écarté, ignoré, prenez un moment pour réfléchir, et demandez-vous pourquoi cette situation vous touche tant. Parfois, notre réaction au rejet est plus liée à notre propre insécurité qu'au rejet lui-même. Prenez une profonde inspiration et rappelez-vous que ce moment ne définit pas qui vous êtes réellement. Le stoïcisme nous apprend à nous concentrer sur notre propre comportement et nos actions, plutôt que sur le comportement et les réactions des autres.

Mon exposé a duré une heure et demie parce que j'ai aussi donné beaucoup d'exemples sur ce que nous vivons au quotidien. J'avais choisi d'exposer ainsi ce thème parce que c'est comme ça que je voyais ces élèves : des êtres qui n'avaient rien d'autre à faire que de retourner leur petite vie misérable, pleine de frustrations accumulées en dehors de l'école, contre ma petite personne. Et je voulais surtout leur rappeler que cela n'avait aucun effet sur moi, d'autant que je n'avais pas demandé à être là, parmi eux. Cette comparaison édifiante m'a valu une bonne appréciation de madame Poissonnier, qui commence à m'estimer énormément.

Le lendemain matin, des élèves viennent vers moi. Certains semblent me considérer autrement, d'autres me racontent ce que leur avaient dit Linda et Pascaline à mon sujet : je rendais leur quotidien impossible, j'étais une harpie, une fille à abattre. J'étais détestée à cause de toutes ces rumeurs négatives et infondées. Je ne peux pas répondre aux questions de quelques élèves curieux de savoir ce qui se passe chez moi. Je file à la maison, mais je ressens un mauvais présage, je comprends que les choses sont en train de se compliquer mon Dieu qu'arrive-t-il ? Qu'ai-je fait ? Y a-t-il quelqu'un là-haut pour me répondre ? Angoissée. Alors que je mets ma clé dans la serrure, la porte s'ouvre immédiatement. C'est

Pascal. Dans le salon, je vois Christophe, Pascaline et Linda qui m'attendent. Ma première réaction est de leur dire bonjour poliment.

— Garde ton bonjour ! crient-ils à l'unisson.

Je demande doucement :

— Qu'est-ce que j'ai encore fait ?

— Papa nous a dit que tu écris sur sa vie ! lance Linda.

— Oui, il est venu chez moi à Ixelles pour me dire ça, renchérit Pascaline.

— Nous n'avons pas besoin de ça ! Si tu veux écrire ton torchon, fais-le sans inclure la vie de notre père ! vocifère Christophe en poussant mon front avec son doigt.

Je recule d'un pas car son geste est violent. Oh mon Dieu ! Je me sens sur le banc des accusés, en train d'essuyer un interrogatoire musclé. Devant l'arrogance de ses enfants, Pascal ne dit pas un mot. Ses yeux sont baissés, il n'ose pas me regarder comme s'il s'était muré dans un silence coupable. J'ai l'impression d'être dans un rouleau compresseur... Mon intuition me dit que Pascal a trahi notre projet. Il me livre à mes bourreaux, peut-être est-il leur complice ? J'entends toutes sortes d'injures et de noms d'oiseaux se déverser sur moi. À la fois humiliée et anéantie, à peine j'arrive à formuler quelques phrases pour me défendre de ce torrent de colère. Puis je fonds en larmes. Quelques instants après, ils sortent de la maison, et bien sûr Pascal les suit. Je me précipite pour fouiller dans mon sac, et je vois que tout ce que j'ai écrit, tous les premiers chapitres ont disparu. Les courriers malsains que la mère de ses enfants avait envoyés ont aussi disparu. Mon corps fléchit dans un élan de faiblesse et, le cœur battant, je fais ma dernière prière en attendant la sentence. Pourquoi Pascal se joint-il à eux ? C'est pourtant lui qui m'a donné l'idée d'écrire son histoire, et cela devait rester notre secret, m'avait-il dit. Alors pourquoi m'a-t-il soudainement trahie ? Ou bien l'ont-ils menacé ? En me rendant compte de la disparition de mon manuscrit, je cours le voir chez son père. Je sonne, c'est ce dernier qui m'ouvre...

— Ah ! si c'est ton époux que tu cherches, il est chez Pascaline. Il m'a dit qu'il allait manger là-bas.

Puis il me referme la porte au nez. Je retourne tristement sur mes pas et là, j'entends une voix crier mon nom dans mon dos. C'est Pascal :

— Aïcha, Aïcha, j'ai refusé de les suivre !

— De suivre qui ?

— Mes enfants.

— Qu'est-ce que tu as fait de tous ces écrits ?

Je lui demande cela d'un ton irrité pour qu'il ne s'acharne pas sur moi, étant donné qu'il est maintenant du côté de mes bourreaux.

— J'ai dit à Pascaline ce que l'on faisait ensemble. Et je lui ai expliqué que j'étais content que tu écrives mon histoire, que tu voulais savoir comment j'en étais arrivé à être interné dans un hôpital psychiatrique et que cela était un plaisir pour moi de tout te raconter. C'est elle qui est partie le leur répéter, c'est aussi elle qui les a encouragés à mettre un terme à ça, et elle est venue avec eux. Ils m'ont interrogé, et ils ont exigé que je leur donne tout le travail que nous avons effectué jusque-là. Je leur ai aussi remis les lettres de leur mère pour ne pas laisser les preuves que leur mère te pourrit la vie.

Je hurle :

— Tu m'avais promis de garder ça secret ! Pourquoi n'as-tu pas tenu ta parole ?

— Je ne sais pas… Pardonne-moi ! répond-il en sanglots. S'il te plaît, pardonne-moi !

— Maintenant, que va-t-on faire ?

— Je ne sais pas encore… avoue-t-il, l'air désemparé.

Mon espoir vient de me quitter pour être remplacé par le désespoir. Oh ! Opah, viens à mon secours ! Je me souviens que tu disais que le désespoir n'a jamais fait sourire personne parce qu'il est à la base de nos malheurs. Il vole tout espoir de sourire, et surtout il arrive sans prévenir. Opah l'avait classé en deux catégories : la première catégorie, c'est le désespoir de la nuit ; quand il arrive, le sourire disparaît soudainement, ta vie se transforme en cauchemar, le chemin que tu as emprunté devient une source de souffrance, tu es aveuglé et tu te trouves plongé dans de profondes ténèbres où tu ne donnes plus de sens à ta vie ; la seconde catégorie, c'est le désespoir de la lumière tamisée, plus précisément la lumière de l'avenir ; tu entends une petite voix qui te dit que tout ira bien, un jour ; cette voix te donne le désir d'affronter les difficultés de la vie tout en espérant que le meilleur est à venir. Bien que ce désespoir-là te fasse vivre dans l'illusion, en t'y accrochant tu commences à croire que la lumière n'est plus loin, qu'elle ne tardera pas à s'illuminer et que tout ira pour le mieux dans le meilleur des mondes...

Mon cher Opah, je vais opter pour le second désespoir en espérant que Pascal reviendra à la raison et qu'il ne se laissera plus guider par ses enfants.

Quelques semaines passent, Pascal fait semblant de renouer le dialogue avec moi. Le temps reprend son cours, là où nous l'avions arrêté, c'est-à-dire un simulacre de réconciliation avec les enfants. Toutefois, chacun reste sur ses gardes, et je trouve cette atmosphère irrespirable. Alors je vais chez Félicienne, la petite sœur du petit ami de Pascaline. J'ai fait sa connaissance un jour où je rendais visite à son frère, Gérard Mongobé. Il pleuvait, et Gérard, qui habite face au supermarché, m'a crié depuis sa fenêtre que sa sœur Félicienne traversait la rue pour me rejoindre. C'est à ce moment-là qu'une voiture nous a éclaboussées. Mouillées de la tête aux pieds, nous nous sommes alors présentées :

— Tu vas chez Pascaline ? m'a-t-elle demandé.

— Tu la connais ?

— Je suis la sœur de son petit ami.

— Et moi, je suis la femme de son père.

— Ah ! j'ai déjà entendu parler de toi. Tu es la sorcière qui dérange, n'est-ce pas ?

— C'est un peu ça…

Puis nous éclatons de rire. En nous entendant, Pascaline est venue ouvrir la porte. Depuis cette rencontre pluvieuse, Félicienne et moi, nous ne nous sommes plus quittées et une amitié est née. Lorsqu'elle me voit chez Pascaline, on partage quelques confidences sur les études, l'avenir… et les petits amis du moment de Félicienne.

Cet après-midi-là, il fait un froid timide. Je rencontre Félicienne dans le métro en direction de la station Bizet. Enthousiastes, nous continuons le chemin ensemble. Je ne sais pas ce qu'elle fait là, mais je suis contente de la voir. Tout à coup, au milieu de nos rires et de nos plaisanteries, elle s'arrête, son regard s'attriste, et elle me dit :

— Il ne faut plus aller chez Pascaline.

— Qu'est-ce qu'elle a fait et pourquoi me l'interdis-tu ?

— Ils ont décidé de mettre un somnifère dans ton verre de soda, quand tu leur rendras visite.

— Pourquoi feraient-ils une chose pareille ?

— Je te le demande, c'est tout ! Exécute ! insiste-t-elle.

— Mais dis-moi !

— C'est pour ta dignité, répond-elle brièvement.

Je ne comprends pas ses propos, ni pourquoi elle m'interdit d'aller chez Pascaline. L'incident de la dernière fois y est peut-être pour quelque chose... De toute manière, je n'allais pas me hasarder chez Pascaline, d'autant que je sais maintenant qu'elle est mon ennemie. Comme l'on dit, il vaut mieux connaître son ennemi et savoir l'éviter, qu'ignorer un ennemi invisible. J'avais déjà pris mes distances avec Pascaline, et c'est pour cela que mes visites étaient rares chez elle. Mais comme Félicienne me l'interdit formellement, raison de plus de comprendre pourquoi. Je persiste donc :

— Peux-tu me dire ce qui se passe ?

— Ils mettront un somnifère dans un verre de jus de fruits, puis quand tu seras endormie, un ami de Christophe viendra te violer. Ils filmeront cet acte odieux et donneront la vidéo à leur père pour que celui-ci demande le divorce : une manière pour eux de dire à leur père que tu es une femme de mœurs légères et tu as une vie de débauche. Celui qui devait faire la sale besogne a eu un accident de voiture en Allemagne, mais cela ne veut pas dire qu'ils renoncent à leur projet diabolique. Tout ce que je te conseille, c'est de ne plus mettre les pieds chez Pascaline.

Le récit de Félicienne me glace le sang, ma joie de l'avoir rencontrée vient de disparaître. Mon esprit me quitte, je suis prise d'une sorte de vertige, je ne tiens plus sur mes jambes et je cherche un endroit où m'assoir. Elle me tient par la main.

— Tout va bien ? me questionne-t-elle.

— Oh mon Dieu ! Ce que tu me dis me fait tant de peine... dis-je en balbutiant.

Je suis littéralement abattue, il m'est presque impossible de mettre un pied devant l'autre. Je m'accroche à l'épaule de Félicienne et nous sortons de la bouche de métro. Elle me fait assoir sur un banc de l'abribus, non loin de la station de métro. J'ai du mal à respirer, je sens mon cœur faire des pirouettes comme s'il était sur le point de sauter hors de ma cage thoracique. Dans quelle langue faudrait-il que je parle pour que le Dieu qui m'a créée m'entende et vienne à mon secours ? Félicienne essaie de me convaincre de rentrer à la maison. « C'est vrai que je partais chez elle, mais lorsque je la vois, je décide d'aller chez Pierre Haus un ami de Pascal qui s'intéresse à ma nièce » j'ai oublié pourquoi je suis là... Elle me le rappelle.

— Ah oui ! dis-je.

En me voyant dans cet état, Félicienne m'implore de ne rien répéter à Pascal ni à ses enfants. Mon envie d'aller voir les parents de Pierre Haus, l'ami de Pascal qui voulait ma nièce en mariage, s'évapore.

— Je ne peux pas te laisser dans cet état, déclare Félicienne. Je t'accompagne chez toi.

Après quelques minutes, nous arrivons à la station Saint-Guidon. Et c'est là que nous nous séparons. Je marche tel un zombi qui veut devenir invisible, mais je parviens à atteindre la maison. Linda, ravie de me voir hagarde, me balance au visage les lettres de sa mère :

— Tu vois, ce sont les courriers de ma mère que tu avais pris et que papa m'a rendus ! Regarde : je les ai tous ! Maintenant, tu es seule contre tous, on te dit te t'en aller, fous-nous le camp ! C'est trop te demander ? vocifère-t-elle en balançant ses mains devant mon visage.

Ça, c'en est trop pour moi, je la gifle ! C'est peut-être une chose à ne pas faire, mais je le fais. Je suis aveuglée par le désir de faire couler mon bateau, je suis prête au sabordage. Je n'ai plus rien à perdre ni à gagner, plus rien ne peut m'arrêter vers l'abîme, dans le gouffre profond où je suis déjà. Tous les sacrifices que j'ai faits pour nous réconcilier n'ont rien donné, je n'ai récolté que la haine et le mépris. La confiance que j'avais mise dans mon époux ne lui a servi qu'à me trahir. Je suis la bête à abattre, à éliminer de cette planète…

Linda réplique et m'inflige quelques égratignures sur les bras et le cou. Moi aussi, je lui fais quelques égratignures sur le front. Dans les secondes qui suivent, Pascal se met entre nous, et l'empoignade s'arrête net. Linda sort de la maison en courant. Je reste avec Pascal qui essaie, dans son double jeu, d'apaiser l'atmosphère à sa façon.

— Je suis désolé si vous êtes venues aux mains, ce n'était pas mon but. Ils m'ont forcé à le faire…

Je crie :

— Es-tu un enfant ?

Il sort à son tour. Je demeure prostrée dans un coin de la cuisine, mes idées s'envolent vers Moïse : et si Moise avait eu raison d'avoir voulu m'éliminer ? Mais lui, il avait raté son coup. Les enfants de Pascal, eux, le réussiront peut-être. Moïse n'avait peut-être pas tort d'affirmer que je n'avais pas le droit de vivre. Ce monde est si injuste et si triste qu'il faut le quitter et laisser ceux qui le méritent... Opah avait-il raison de dire que c'est nous qui cherchons nos misères et nos souffrances ? Les miennes, je les ai cherchées, alors je suis en droit de les assumer. Mais ai-je raison de me donner une seconde chance pour donner tort à Moïse ? Toutes ces questions me tourmentent tant... Cependant, je veux me donner cette chance afin de croire au désespoir de la lumière tamisée : celle du temps et de l'avenir. Et je refuse d'accepter ce que disait Moïse. Parce qu'il y a toujours une raison d'être sur cette terre. Alors, pour me refuser à la mort, je me donne une raison de vivre, et je me répète : « J'ai cherché ma souffrance, je l'ai trouvée, c'est la mienne et je l'endosse. »

Ce soir du quatre novembre 1993, ma vie est sur un fil. En portant la main sur Linda, les heures et les minutes de mon séjour sur terre étaient comptées. Oh mon Dieu ! Tout cela s'est passé comme un éclair sous le regard médusé de Pascal. Quant à Linda, si elle a pris la poudre d'escampette, c'était pour aller mettre son frère au courant de la bagarre.

Le lendemain matin, alors que je suis dans la cuisine en train de ranger la vaisselle de la veille, Christophe déboule. Avec une brutalité inouïe, il roue ma tête de coups, puis m'attrape par les cheveux pour me balancer de toutes ses forces dans la porte de la cuisine dont les vitres volent en éclats. Oh mon Dieu, qui peut me libérer de mon bourreau ? Le diable joue bien son rôle ! Pour moi, l'enfer n'existe pas de l'autre côté comme on nous le fait croire, c'est plutôt ici qu'il se trouve. Je suis un tambour sur lequel on peut cogner à tout moment, et il est impossible de me défendre tant les coups pleuvent. Pascal est absent, il se trouve chez son père. Rossée comme un chien pourri, le visage tuméfié, je cours chez lui en pleurs. Arrivée devant la porte, je n'arrive pas à sonner. Un passant qui me voit dans cet état de détresse, le visage en sang, s'approche de moi et sonne à ma place, sans me poser de question. Puis il file. Pascal ouvre la porte. Dans la panique, il remonte au premier étage, prend le téléphone, appelle les flics et nous retournons à la maison. Je pleure sans cesse. Pascal essaie de me consoler, mais les images de la bastonnade défilent devant mes yeux et je me mets à crier. L'attente devient interminable… J'entends enfin un homme en uniforme parler, je le vois à travers la vitre de la porte d'entrée. Pascal se précipite et ouvre. Ils sont deux flics.

— C'est ici qu'il y a eu des bagarres ? demande le premier avec un carnet à la main.

— Oui monsieur, répond Pascal.

Il les fait entrer et me murmure :

— Les policiers sont là.

Christophe, lui, est déjà parti. Les deux flics m'interrogent sur ce qu'il s'est passé, puis repartent en me laissant en plein désarroi. Le regard effaré de Pascal montre qu'il a compris qu'ils étaient indignés par son comportement à mon égard et les agissements de son fils. S'en veut-il de n'avoir pas été à la hauteur ? Il pleure à son tour.

— Je suis désolé, je ne suis qu'un incapable ! répète-t-il en sanglots.

Le soir venu, il décide de rester à mes côtés.

— Ce soir, je n'irai pas manger chez mon père, dit-il. Je ne veux pas que Christophe revienne à la charge.

Le lendemain, je me lève du canapé-lit et je me traîne péniblement vers le miroir qui se trouve sur la porte de l'armoire. Je suis horrifiée de voir mes paupières qui ont doublé de volume, mon visage boursouflé, mes lèvres fendues, mon nez cassé, mes dents saignantes. Je me regarde comme un monstre égaré dans le laboratoire de Frankenstein. Impossible de regarder cette créature d'Halloween une seconde fois ! Meurtrie, humiliée, écrasée, traumatisée et abandonnée de tous, je rentre dans la cuisine une boîte remplie de médicaments à la main. Sans réfléchir, je verse vingt-quatre pilules dans ma bouche, et j'accompagne le tout d'eau chaude. Je fais un pas, puis deux... Mon champ de vision se rétrécit, l'obscurité m'envahit, et tout à coup c'est le néant total.

Quelques heures après, je sens des tapes sur ma joue, et je me réveille à l'hôpital Joseph Bracops d'Anderlecht : je suis leur nouvelle locataire. Mais une locataire pas comme les autres, celle que la mort refuse d'emporter. Ah ! les difficultés de la vie...

Ils disent que je fuis la vie, que je fuis les difficultés, que je refuse d'affronter la réalité de ce monde. Je leur réponds que je fuis plutôt ce monde qui n'est pas fait pour moi, que c'était une porte de sortie. Il fallait courir, courir loin de ce monde qui ne m'appartient pas, et qui ne jure que ma perte.

XIV

Des visites inattendues

L'enfant exceptionnel que je suis, d'après mon Opah, n'a peut-être pas compris le mode de fonctionnement de ce monde. Un matin serein, assise sur un lit d'hôpital, mon nouveau domicile, je suis enchaînée par mes idées : les questions que je me pose sont tellement nombreuses que je n'arrive pas à les trier.

Des bruits de pas résonnent dans le couloir. Je me lève et je colle mon oreille contre la porte. Les pas s'arrêtent devant ma chambre et j'entends :

— La patiente 210 ?

Je colle encore plus mon oreille.

— La suicidaire, c'est la chambre 210, docteur, lance une voix de crécelle.

J'ai un nouveau nom : la patiente 210, la suicidaire. La voix crécelle vient de me faire descendre de mon piédestal. Je file vite dans mon lit, la porte de ma chambre s'ouvre immédiatement. Une armada de personnes en blouse blanche entre, Pascal est avec eux. Suis-je de nouveau un objet d'étude comme il y a quelques années, quand Moïse a voulu me tuer ? Non, je ne suis pas au CHU de Treichville. Ici, je pense que tout se fait dans les règles de l'art. Six soignants entourent mon lit... Décidément, ces hommes en blouse blanche aiment bien me côtoyer. Enfin, c'est plutôt moi qui aime bien les côtoyer parce que je suis celle que la mort refuse de prendre. Depuis mon enfance, ces personnes en blouse blanche et moi nous nous sommes liées d'amitié. Et cette amitié s'est parfois transformée d'une belle manière, comme avec le docteur Fofana qui m'avait prise sous son aile et me faisait réviser mes cours pour que je ne prenne pas de retard à l'école. Cependant, d'autres soins ont tourné à la torture comme avec le professeur Bertrand qui passait son temps à me transformer en passoire, sous prétexte de me faire une ponction pulmonaire : un vrai cauchemar ! Toutefois, je m'en étais bien sortie. Aujourd'hui, les circonstances ne sont pas les mêmes. Je n'ai pas besoin de servir de cobaye à un collègue du professeur Bertrand ! Et je me sens rassurée par la présence de Pascal. Un médecin se présente :

— Bonjour madame, je suis le docteur Beaugrain, psychologue dans cet hôpital. Mon collègue, le docteur Van Der Bock, psychologue au centre de santé mentale de la commune d'Anderlecht, et moi voudrions comprendre ce qui vous a poussée à vouloir vous ôter la vie.

Mon cœur bat la chamade, je regarde autour de moi. Deux autres soignants prennent des notes: c'est le médecin urgentiste qui se trouvait dans l'ambulance avec moi, je reconnais sa voix; l'autre est le médecin généraliste. Quant aux deux infirmiers, l'un me sourit, et l'autre, qui exécute les ordres que donne le psychologue de l'hôpital Bracops, me regarde avec un regard triste et plein de compassion. Le docteur Beaugrain semble impatient de savoir ce que j'ai à dire. Je les regarde tous, mais je n'arrive pas à parler. Soudain, Pascal, mal à l'aise, prend la parole :

— Docteur, c'est moi qui l'ai retrouvée inanimée dans la cuisine. Quand j'ai attendu un grand bruit, je me suis précipité. Et là, je l'ai vue étendue sur le sol et j'ai appelé les secours.

— Monsieur Bourgeois, votre épouse avait-elle un quelconque problème avec vous ? demande le psychologue du centre de santé mentale de la commune d'Anderlecht.

— À ma connaissance, non, répond Pascal en posant ses mains tremblantes sur la bouche.

— Madame, avez-vous eu un problème avec votre époux pour que vous en arriviez là ?

Les paroles n'arrivent toujours pas à sortir de ma gorge. Puis je me mets à pleurer. Ma vie est tellement triste que la raconter à ces hommes en blouse blanche me rend malheureuse. Le docteur Beaugrain s'assied sur la chaise à côté de mon lit et me repose la question :

— Madame, qu'est-ce qui s'est passé la veille pour que l'on vous amène dans cet hôpital ?

Oh mon Dieu ! Le fait qu'il vienne de s'asseoir signifie qu'il a tout son temps pour m'écouter, même si cela doit durer une éternité. Mais il ne sait pas que je n'ai pas l'intention de lui dire quoi que ce soit. S'il veut passer le reste de la journée avec moi, je m'en fous ! Tous me regardent en attendant ma réponse, alors que Pascal me supplie du regard de ne pas tout mettre sur la table. Comme le dit l'adage, « le linge sale se lave en famille et, non sur la place publique ». Mais dans mon cas, il n'y a pas de famille, parce que c'est cette famille que j'ai tant voulu aimer et intégrer qui m'envoie voir mes ancêtres dans la fleur de l'âge. Tous ces regards accusateurs me font froid dans le dos, je sens un mauvais présage. Le docteur Beaugrain continue :

— Nous envisageons, votre époux et nous, de vous mettre dans un hôpital psychiatrique du fait que vous ne pouvez pas affronter les difficultés de la vie qui se présentent à vous.

Mais j'hallucine ! Moi en psychiatrie ! Je déclare maladroitement :

— Je vais bien docteur…

— Madame, vous savez qu'une personne suicidaire est une personne agressive…

Je lance :

— Mais je n'ai jamais agressé personne !

— Bien sûr que vous ne l'avez pas fait, mais vous avez été agressive envers vous-même, réplique le docteur Beaugrain. Si vous allez en clinique, c'est pour vous protéger de vous-même.

Je répète :

— Me protéger de moi-même ?

Ils me regardent en hochant la tête au même moment. Oh mon Dieu ! C'est ce que je craignais… Pascal est complice avec ces gens pour me mettre dans un asile de fous… Ah oui, je comprends maintenant ! C'est pour ça que son regard me disait : « Ne parle pas à ces gens, sinon mon plan de te mettre dans un asile de fous va échouer. » A-t-il comploté cela avec ses enfants pour que j'en arrive là ? Suis-je tombée dans leur piège que je n'ai pas vu venir ? Asile de fous, asile de fous… Les mots se bousculent dans ma tête. Tout à coup, je me sens poussée par une force invisible, les phrases se reconstituent et je me mets à parler. Il est hors de question d'aller dans un asile de fous ! S'il y a bien des personnes qui doivent y entrer, c'est bien Pascal et ses enfants, et non moi. Ce serait injuste d'en arriver-là ! Je m'adresse au docteur Beaugrain :

— Il y a encore des chambres libres à l'asile de fous ?

Ils ouvrent tous de grands yeux ahuris. Je poursuis sur un ton de colère :

— S'il faut mettre des gens dans un asile de fous, docteur, c'est bien mon époux et ses enfants !

J'ai enfin trouvé la force de parler ! Et mes yeux dont les larmes ne tarissaient jamais se sont soudain transformés en une rivière asséchée.

— Docteur, mon mari s'est allié à ses enfants pour me nuire. C'est pour cela que je suis dans cet hôpital, là en face de vous. Madame Renard, l'assistante sociale de la commune d'Anderlecht, est au courant de tout ce qui se passe dans notre maison avec les enfants. Elle est la mieux placée pour vous raconter le calvaire que je vis dans cette maison.

— Pouvez-vous nous dire ce qu'il s'est réellement passé ? demande le docteur Van Der Bock. Après notre entretien, ajoute-t-il, nous allons rencontrer madame Renard pour le dossier.

Puis il s'approche de mon lit et prend ma main pour me mettre en confiance. Ma main tremblote comme si j'avais pris un coup de froid. Lui, il voit une petite fille qui ne sait pas se battre parce que la vie lui est tombée dessus comme un coup de massue, et ça fait très mal. Je souffle un grand coup avant de commencer. Puis je leur raconte tout. Mon récit est long, terrible. Tous se murent dans le silence, et ce silence m'effraie : croiront-ils à mon histoire ? Leurs yeux écarquillés m'interrogent... Alors, je m'arrête de parler et je recommence à pleurer. Ce que je leur raconte les désoriente sans doute, parce que je vois les deux infirmiers ajuster leurs mèches de cheveux tandis que les deux médecins se grattent la tête. Le docteur Van Der bock prend enfin la parole, sonné comme si mes paroles l'avaient assommé :

— Reprenez-vous madame, je parlerai à madame Renard de ce dossier.

Après ces deux heures d'entretien, ils sortent, me laissant avec Pascal.

— Pourquoi tu dis que je ne suis pas là pour toi ? m'accuse Pascal énervé.

Je réponds :

— Sinon, on n'en serait pas là !

— Tu sais bien que j'étais absent ce jour-là, réplique-t-il.

— Je sais, mais j'ai parlé de ce que je vis à la maison, et tu es passif quand je t'appelle au secours.

Il regarde vers le bas, les mains sur le visage.

— Je suis impuissant sur tout, et même sur ma propre personne, je suis une fois de plus désolé. Je ne comprends pas moi-même ce qui m'arrive ni qui je suis, dit-il tristement.

— Alors, pourquoi n'as-tu pas dit la vérité aux médecins ?

— Tu voulais que le tort soit de mon côté, mais je me dois de protéger mes enfants, murmure-t-il.

— Je comprends, mais je me dois aussi de me protéger. D'ailleurs, qu'est-ce que je deviens dans tout ça ?

— Tu as raison, mais c'est parce que je ne veux pas retourner en clinique, tu peux comprendre ça ? lance-t-il.

Je hurle :

— Tu n'es qu'un égoïste, tout tourne autour de ta personne ! D'ailleurs, tu ne fais aucun effort pour éviter d'y retourner !

— Je te promets…

Je crie :

— Ah oui ! Encore des promesses qui ne seront pas tenues !

— Je te promets ! Répète-t-il en me suppliant à genoux devant mon lit.

Je demande à nouveau :

— Pourquoi n'as-tu rien dit aux médecins ?

Il ne me répond pas et se met à pleurer. Décidément, Pascal et moi sommes devenus un couple de marchands de larmes ! Nous les lâchons pour un oui ou pour un non…

Quelques heures plus tard, il rentre à la maison. Il est midi, le serveur de repas passe. Il me conseille de regarder la télévision :

— Si tu t'ennuies, me dit-il, regarde plutôt les émissions de divertissement, cela t'empêchera d'avoir des idées noires.

Puis il lâche le mot :

— Cela t'évitera de vouloir te suicider de nouveau.

Sauf qu'il a bien raison. Ces personnes dont je fais partie ne manquent pas d'idées, surtout quand elles sont ténébreuses. Puis il prend la télécommande et allume la télé.

— Tu vois, poursuit-il, après le repas, vers quatorze heures, tu pourras regarder un film, un western.

— Un western… dis-je doucement.

Je m'installe confortablement dans mon lit, je regarde les actualités de treize heures, et à quatorze heures le film commence. Le nom de James Stewart apparaît en premier au générique. Au moment de lire le deuxième nom sur l'écran, je sens comme un léger vent sur mon visage et soudain, dans un coin de la chambre, je vois mon père, oui, mon Opah ! Il me regarde avec des yeux tristes et il secoue la tête. Je l'entends me dire : « Ma fille, il ne faudra plus jamais refaire ce que tu as fait parce que dans ton cœur, il y a une flamme qui brûle d'envie de vivre et d'espoir. Cet espoir qui brûle en toi engendrera de grands rêves parce que beaucoup de personnes te prendront comme exemple. Tu dois être celle qui agit pour changer la vie et non le contraire. La passivité dans ce monde arrive toujours à gagner du terrain sur la vie, et le plus souvent elle la rend misérable. Nous ne sommes pas venus sur cette terre pour regarder les difficultés nous malmener, mais nous devons plutôt les surmonter et nous ériger en maître de notre destin. N'oublie pas que ton Créateur à un plan pour toi. » Puis il pose ses mains sur ma tête en murmurant quelques phrases que je n'arrive pas comprendre. Soudain, un grand vide, puis plus rien. Je me relève en sursaut. Cette vision surréaliste était-elle un rêve ? Non, je ne dormais pourtant pas, tout m'avait l'air réel. Je saute de mon lit pour me diriger vers l'angle de la chambre où est apparu mon père. Suis-je encore dans un songe où j'hallucine ? Mon Dieu, je viens de voir Opah dans l'hôpital où ma bêtise m'a conduite ! Ma stupidité a dérangé Opah dans son repos éternel… Je fais des allers-retours dans ma chambre : impossible de m'asseoir après ce que je viens de vivre ! Alors Opah, là où tu te trouves, tu veilles sur moi ? Tu me surveilles ? Tu me protèges ? Les mots se bousculent dans ma tête. Tout à coup, quelqu'un tape à la porte mais je n'y prête pas attention. Mes idées se confondent, je m'en veux de m'être comportée ainsi. La personne derrière la porte insiste. C'est l'infirmier de tout à l'heure qui finit par entrer, accompagné de madame Renard, l'assistante sociale du centre de santé mentale de la commune d'Anderlecht. Je me précipite vers elle et je tombe dans ses bras.

— Je ne suis pas contente de vous, madame Bourgeois ! me lance-t-elle à la figure. J'apprends que vous vouliez mettre un terme à votre existence ?

J'essaie de répondre en bafouillant :

— Eh ben… je ne voulais pas en arriver-là…

Elle tire la chaise près de la fenêtre pour s'asseoir.

— Dites-moi que ce n'est pas vrai ! me demande-t-elle.

— Je n'ai pas eu le choix : personne ne veut m'entendre, et même mon Créateur m'a abandonnée.

Elle ne me sourit pas. Elle me fixe d'un regard sévère pour m'intimider, mais plus rien ne m'intimide. Tout glisse sur moi comme la brise du matin.

— Quel âge avez-vous madame Bourgeois ?

— Dix-neuf ans.

— Dix-neuf ans et vous trouvez que c'est trop dur de vivre ? Oh madame ! Vous n'avez même pas encore commencé et vous rendez déjà votre tablier ?

— Comment l'avez-vous su, madame Renard ?

— L'hôpital m'a appelée pour me dire que vous aviez essayé de mettre un terme à votre vie.

— L'hôpital ! Vous a mis au courant de ma tentative de suicide ? dis-je ahurie.

— Eh oui ! À ce que je vois, vous n'aimez pas ce monde. Mais sachez que ce monde n'en a pas fini avec vous.

— Comment ça ?

— C'est à vous de voir si vous voulez être du bon côté de l'histoire et y participer à votre façon, ou si vous voulez être du mauvais côté en étant passive.

— Je ne vous comprends pas…

— Madame Bourgeois, il n'y a rien à comprendre.

Je reste silencieuse…

— J'ai appris ce suicide par le docteur Van Der Bock, reprend-elle. Vous savez très bien que je travaille dans un centre de santé mentale, et il travaille dans le même centre que moi. Il m'a demandé si vous n'aviez pas de problèmes psychiques ou des antécédents psychiatriques.

— Cela veut dire que vous allez me mettre dans un asile de fous ?

— Là n'est pas la question. D'ailleurs, cela n'est pas à l'ordre du jour, répond-elle.

— Qu'avez-vous répondu au docteur Van Der Bock ?

— Je n'ai pas à vous dire ce dont nous avons parlé, excepté que je connais bien la famille ainsi que l'atmosphère qui y règne. Pouvez-vous me dire pourquoi vous avez agi ainsi ? Si vous aviez réussi votre suicide, vous auriez fait plus de mal à votre famille en Afrique, et vous auriez donné à Linda, à Pascaline, à Christophe ainsi qu'à leur mère ce qu'ils désiraient tant : c'est-à-dire votre départ d'une manière ou d'une autre.

— Je suis désolée de ce que j'ai fait, dis-je doucement.

— Vous êtes désolée ? s'étonne-t-elle en ouvrant grand les yeux.

Mon gosier arrive à peine à laisser passer quelques mots, mais je m'efforce de lui répondre :

— Vous allez donc les laisser m'emmener dans une clinique de fous ?

— Je ne permettrai pas cela, mais ça ne veut pas dire qu'il faut refaire une tentative de suicide, compris ?

— C'est promis, je ne le ferai plus.

Elle sort une feuille, griffonne une date, puis me la tend.

— Après votre sortie, retrouvez-moi à cette date au bureau, m'ordonne-t-elle.

Puis sa colère apaisée, elle me prend dans ses bras avant de sortir de ma chambre avec l'infirmier. Je commence à comprendre que cette femme qui m'avait assommée de questions lors de notre première rencontre est ma bienfaitrice. Ma confiance revient et un sourire se dessine sur mes lèvres. En mon for intérieur, je pense que c'est la vie qui me sourit de nouveau. Mon esprit retrouve un souffle neuf. Je me cale confortablement dans mon lit pour regarder mon western quand on tape encore à la porte. Décidément, ces médecins ne me lâchent plus ! Je me lève brusquement du lit où j'étais si bien installée, et je vais ouvrir la porte. Oh mon Dieu ! J'hallucine ! Je tombe nez à nez avec Linda et le petit copain de Pascaline ! Linda ne semble vraiment pas mortifiée, elle a l'air forcée d'être là.

— Pouvons-nous rentrer ? demande poliment Gérard Mougobé.

— Bien sûr...

Linda reste debout près de la fenêtre tandis que Gérard s'assoit sur la chaise. Je retourne dans mon lit, le cœur battant comme une horloge. Cette visite inattendue a dissipé mon sourire. Linda ne dit rien, en revanche le petit copain de Pascaline me fait la morale à sa manière :

— Tu sais, ta famille en Afrique compte sur toi. Au lieu de faire des conneries et de vouloir t'effacer de la surface de la terre, tu ferais mieux de penser à elle, tu es son espoir. Les difficultés, les problèmes, il y en a toujours et partout, quelles que soient les couches sociales. Aucune famille n'est épargnée, aucune famille n'est d'ailleurs parfaite. Alors pour mieux vivre ensemble, il faut se tenir la main. En tant que grand frère, je me dois de te dire que la solution est ailleurs.

Oh là là ! Gérard qui joue les moralisateurs ! Où était-il quand j'allais le voir pour lui raconter ce que je vivais dans ma maison ? Je me souviens qu'il ne faisait même pas semblant de me soutenir. Il lançait plutôt des rumeurs contre moi. Ah ! c'est lui qui racontait à qui voulait l'entendre que j'étais amoureuse de lui ! Il m'avait aussi promis qu'il ne dirait rien lorsque je lui avais appris que Pascaline avait un amant. C'est vrai que je ne suis pas une sainte ni un ange, celui-là même qui protège, qui guide, mais un être humain comme un autre. J'ai dénoncé Pascaline quand j'ai appris qu'elle me suivait dans mes moindres déplacements, le soir après l'école et la nuit : lorsque je sortais pour prendre un peu l'air, je voyais une silhouette qui m'observait. Je n'y faisais pas attention jusqu'à ce que Pascal m'avoue que j'étais suivie par sa fille. Il avait même précisé : « Tu sais, c'était son idée de te suivre pour voir si tu ne me trompais pas. J'ai trouvé cette proposition géniale et c'est comme ça sa mission a commencé. Mais jusque-là, elle n'a rien découvert de compromettant. » Les propos de Pascal m'ont fait froid dans le dos. Quand je suis allée demander des explications à Pascaline, elle m'a balancé avec dédain : « Qu'est-ce que tu croyais ? Il faut bien protéger papa ! » J'ai eu du mal à avaler la couleuvre ! Et j'ai appris plus tard que son copain Gérard était au courant. Ils étaient tous mes bourreaux ! Alors pourquoi, aujourd'hui, joue-t-il les bons moralisateurs ? Quand Pascaline est partie au Zaïre afin de lui acheter un terrain pour ses affaires, il colportait partout que j'étais une femme légère, que je faisais mon intéressante. Je me rappelle que son cousin Blaise, qui habite Molenbeek, était venu me voir lorsque je lui avais dit que la machine à écrire que j'avais empruntée à Pascaline ne fonctionnait pas. Ce cousin s'était autoproclamé technicien pour venir la réparer. Lorsqu'il a fini, il m'a dit qu'il allait la vérifier. Il a mis une feuille sur laquelle il a écrit : « Aïcha je t'aime, veux-tu être ma petite amie ? Tu es trop jeune pour être avec un homme qui fait trois fois ton âge, réfléchis-y avant de me donner une réponse. » Cette proposition indécente m'a fait sortir de mes gonds et je l'ai foutu à la porte. J'ai aussitôt entendu les rumeurs dire que j'étais une fille avec de mauvaises manières, aussi légère que le vent du midi. Ces ragots grossiers sont arrivés jusqu'aux oreilles de Pascal, et moi j'ai appris par Félicienne, la petite sœur de Gérard, que c'était un complot pour me faire déguerpir de la maison. Heureusement, Pascal n'a pas ajouté foi à ces médisances, il m'a même expliqué ce qui se passait avec les amis de Pascaline. Et il l'a dit avec humour. Les complots contre moi se suivaient, et ma vie était une éternelle justification !

Toutes les belles paroles de Gérard me surprennent donc aujourd'hui. J'ai du mal à croire tout ce qu'il vient de me débiter… Quoi qu'il en soit, l'avenir me dira s'il joue un double jeu. Après cette tirade sortie tout droit de la tradition africaine qui interdit de s'ôter la vie, Linda et lui me disent au revoir. Je ne leur réponds rien parce que pour moi, ce joli discours n'est qu'une couche d'hypocrisie. Tous ces faux jetons viennent te voir quand le travail que tu as commencé n'a pas été bien fait, et font semblant de compatir à ta douleur. Linda, elle, n'a pas décroché un seul mot : s'excuser, c'était sans doute trop lui demander. J'ai compris qu'elle avait été forcée par Gérard de venir me voir à l'hôpital. Mais cette visite qui m'a d'abord angoissée vient de me donner une lueur d'espoir : l'espoir de surmonter les problèmes de la vie tels qu'ils se présentent à moi…

Un soir, après deux semaines à l'hôpital, le médecin qui me suit me rend visite, accompagné des mêmes personnes du corps médical que le premier jour.

— Bonsoir madame Bourgeois, je vois que tout va pour le mieux, dit le docteur Beaugrain.

Je m'empresse de répondre :

— C'est vrai que je rentre chez moi !

— Oui ! Mais madame, tâchez de ne plus recommencer, me rétorque-t-il gentiment.

Tous se mettent à rire. Je les regarde avec des yeux ronds, leur rire me rend triste.

— Très bien madame, reprend le docteur Beaugrain. Nous aurions bien voulu que vous fassiez un séjour à la clinique psychiatrique à cause du comportement agressif que vous avez eu contre votre personne, mais l'assistante sociale en a décidé autrement. C'est la raison pour laquelle nous rions, en espérant qu'elle a pris une bonne décision, parce que les personnes comme vous arrivent toujours à leur fin lorsqu'un autre problème surgit. Souhaitons que ce ne soit pas votre cas. En attendant, voici votre fiche de sortie. Quand votre mari sera là, dites-lui de la signer.

— Merci, docteur.

Le médecin me tend la fiche, puis ils sortent tous de ma chambre.

Restée seule, j'attends Pascal. Est-il au courant que je sors aujourd'hui de l'hôpital ? Quoi qu'il en soit, je sais ce que je dois faire s'il ne vient pas me chercher. Il aura encore été manipulé par ses enfants, car c'est tout ce qu'ils savent faire.

Mais c'est mon choix et je dois l'assumer.

Table des Matières

Introduction --5
Rue de la Luzerne --9
Visite guidée--23
Les maraudeurs ---43
Le nouvel appartement--------------------------------------65
Madame Renard --73
Les sanglots quotidiens ------------------------------------86
Le gâteau d'anniversaire----------------------------------93
Les courriers --112
La sortie de la clinique -----------------------------------129
La locataire---151
Eurodisney --177
Isolement ---208
Une porte de sortie---------------------------------------232
Des visites inattendues ----------------------------------259

ISBN : 978-2-3224-0804-7
Dépôt légal : Mai 2025